味の道

小料理のどか屋 人情帖38

郎

時代小説

二見時代小説文庫

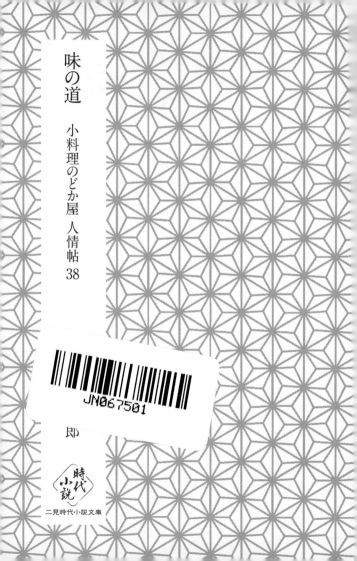

味の道——小料理のどか屋人情帖38

目次

味の道　小料理のどか屋 人情帖38・主な登場人物

時吉《とききち》……のどか屋の主《あるじ》。元は大和梨川藩《やまとなしがわはん》の侍・磯貝徳右衛門《いそがいとくえもん》。長吉《ちょうきち》屋の花板も務める。

千吉《せんきち》……祖父長吉、父時吉の下で板前修業を積んだ「のどか屋」の二代目。

おちよ……大おかみとしてのどか屋を切り盛りする時吉の女房。父は時吉の師匠、長吉。

長吉……浅草《あさくさ》「長吉屋」の主。板場は時吉ら弟子に任せ店近くの隠居所から顔を出す。

およう……千吉の女房。のどか屋の「若おかみ」と皆から可愛がられる。

万吉《まんきち》とおひな…千吉とおようの間に生まれた息子と二番目に生まれた娘。

大橋季川《おおはしきせん》……季川は俳号。のどか屋のいちばんの常連、おちよの俳諧の師匠でもある。

寅次《とらじ》……のどか屋の常連の湯屋。同じく常連の棒手振りの富八《とみはち》と二人でやって来る。

幸右衛門《こうえもん》…主《おも》に千吉が料理の案を出した書物「料理春秋《りょうりしゅんじゅう》」の版元、書肆灯屋《しょしあかりや》の主。

万年平之助《まんねんへいのすけ》…隠密仕事の黒四組《くろよんぐみ》隠密廻り同心、「幽霊同心」とも呼ばれる。千吉と仲が良い。

目出鯛三《めでたいぞう》……狂歌師。瓦版の文案から料理の指南書までも書く、器用な男。

幾松《いくまつ》……江戸でも指折りの料理屋、芝神明《しばしんめい》の旬屋《しゅんや》の主。

為永春笑《ためながしゅんしょう》…人情本で人気を博した為永春水《しゅんすい》の弟子の若い戯作者。

信兵衛《しんべえ》……のどか屋の他にも旅籠を営み、長屋も持つ元締め。のどか屋に通う常連。

井筒屋善兵衛《いづつやぜんべえ》…薬研堀《やげんぼり》の銘茶《めいちゃ》問屋の主。町の人たちから人徳を慕われている。

第一章　金時人参《きんときにんじん》と寒鰤《かんぶり》

一

「おっ、今日は親子がかりかい」

のどか屋ののれんをくぐってきた客が厨《くりや》のほうを見て言った。

「はい、金時人参《きんときにんじん》が入ったので、かき揚げ丼とけんちん汁に」

まず父の時吉《とききち》が答えた。

「あとは寒鰤《かんぶり》の照り焼きを」

厨で手を動かしながら、跡取り息子の千吉《せんきち》が答えた。

父と子で料理をつくるから親子がかりだ。料理人が二人いると、凝《こ》ったものを出すことができる。千吉だけなら、寒鰤の照り焼きとけんちん汁、それにご飯と香《こう》の物、あとはせいぜい小鉢がつくくらいだが、今日は時吉もいるからかき揚げ丼だ。

ここは横山町《よこやまちょう》――。

繁華な両国橋《りょうごくばし》の西詰に近く、旅籠《はたご》の多いこの町に「の」と大きく染め抜かれた明るい色合いののれんが掛かっている。

元武家の時吉が女房のおちよとともに始めたのどか屋は、二度焼け出されたあと、この町で旅籠付きの小料理屋として長く繁盛していた。二代目の千吉は、もうひとかどの料理人だ。親子がかりの中食《ちゅうじき》は、この日も大好評だった。

「かき揚げが丼からはみ出してるぜ」

「たれがまたうめえんだ。かき揚げはさくさくだしよ」

「金時人参が甘くてうめえ」

そろいの半纏《はんてん》姿の大工衆が箸を動かしながら言った。

「寒鰤の照り焼きも負けてねえぜ」

「けんちん汁もうめえ」

「毎日、親子がかりでやってくんな」

今度はなじみの左官衆が言った。

「浅草《あさくさ》の長吉《ちょうきち》屋のほうも見なければなりませんので」

時吉が厨から言った。

長吉屋は、おちよの父で時吉の料理の師である長吉があるじの名店だ。もっとも、いまは花板《はないた》と弟子たちの育成を娘婿の時吉に任せ、たまに顔を出して目を光らせる程度になっている。長吉屋のほうが主《しゅ》になっているから、毎日親子がかりは無理な話だった。

「一人のときは気張ってつくりますので」

二代目の千吉がいい声を響かせた。

「おう、頼むぜ」

「子も二人だから、おとっつぁんが気張らねえと」

客が言う。

上の子はいずれ三代目になる万吉《まんきち》、下の子は今年の春に生まれたばかりのおひなだ。

「もちろんで」

千吉はそう答えて、寒鰤にさっとたれをかけた。

たちまちいい香りが漂う。

時吉はかき揚げの油をしゃっと切った。

飯にたれをいくらかかけ、揚げたての大きなかき揚げを載せる。その上からさらにたれをかければ、うまいかき揚げ丼ができあがる。金時人参も入っているから、見た目も鮮やかだ。

その赤さから金時の名がついた人参は京野菜だが、のどか屋とはむかしからのなじみの砂村《すなむら》の義助《ぎすけ》が苦労の末に育てることに成功した。おかげで、のどか屋では折にふれて金時人参を味わうことができる。

かき揚げはもとより、いまもけんちん汁に使っているように汁物の具にもいい。煮物もうまい。金時人参と里芋《さといも》と油揚《あぶらあ》げの炊き合わせなどは、まさに口福《こうふく》の味だ。

「お待たせいたしました」

「かき揚げ丼と寒鰤の照り焼きの膳でございます」

古参のおけいと新参のおちえが競うように膳を運ぶ。

「毎度ありがたく存じました。またのお越しを」

勘定場から、若おかみのおようがいい声を響かせた。

子の世話をしながらだから、おちよと代わることもあるが、ここがおおむね持ち場だ。

「あと三膳」

千吉が厨から言った。

「あと三膳です」

おようが表に出ているおちよに伝える。

「中食、残り三膳です。お急ぎください」

おちよが通りに向かって言った。

「おう、間に合ったぞ」

剣術指南の武家が足を速めた。

その弟子が続く。

「危ないところでした」

のどか屋の中食は、今日も好評のうちに売り切れた。

二

中食が終わり、後片付けとまかないが済むと、おけいとおちえは両国橋の西詰へ旅籠の客の呼び込みに出る。

のどか屋の泊まり部屋は六つある。長逗留《ながとうりゅう》をしてくれるありがたい客もいるが、すべてが埋まっているわけではない。そこで、泊まり客の呼び込みだ。

二幕目には凝った肴《さかな》も供されるけれども、その仕込みもあるから短い中休みに入る。朝が早いおちよは座敷で少し仮眠をとる。

若おかみのおようはそういうわけにもいかない。万吉とおひなに乳をやったり、寝かしつけたり、いろいろとやることがあるから大変だ。

明日の仕込みが終わると、千吉とおようは二人の子をつれていくらか離れた長屋へ戻る。ただし、雨風の激しい日で旅籠に空きがあったらのどか屋に泊まることもあった。

「おいで、ゆきちゃん」

おちよが目の青い白猫に声をかけた。

尻尾にだけ縞模様《しまもよう》があるゆきがやや大儀そうにおちよのおなかに乗り、ゆっくりとふみふみを始めた。

もうかなりの歳で、毎年夏が越せるかどうか案じているのだが、今年もどうにかここまで寿命をつないできた。いままでいくたびもお産をしてきたが、そちらのほうはもう御役御免で、みなにかわいがられながらのんびりと余生を過ごしている。

「おまえもかい」

もう一匹、おちよの上にひょいと猫が飛び乗った。

二代目ののどかだ。

のどか屋の守り神で、いまは猫地蔵になっている初代のどかと同じ茶白の縞猫だ。

二代目のどかは、これまでいくたびもお産をしてきた。ふくとろくの兄弟は母猫と同じ柄だが、いちばん新参のたびは白黒の鉢割《はちわ》れ猫で、両の前足が足袋《たび》を履《は》いたように白い。そこから名がついた。二匹の兄猫はおめでたい福禄寿《ふくろくじゅ》にちなんでいる。

もう一匹、雄猫がいる。白と黒と銀の縞模様が美しい小太郎《こたろう》だ。

こちらはゆきの子だ。同じゆきが産んだ黒猫のしょうは死んでしまったけれども、小太郎はまだ元気だ。

六匹も猫がいるから、のどか屋は旅籠付きの小料理屋に加えて猫屋でもあるような雰囲気だった。

のどか屋の猫は福猫だ。

里子にもらえば福が来る。

幸い、そんな評判が立ってくれたから、子猫のもらい手に困ることはさほどなかった。

のどか屋の猫が産んだ子猫がほうぼうへもらわれていき、猫縁者もだんだんに増えた。猫が取り持つ縁だ。

「長生きするのよ」

おちよがゆきの首筋をなでてやった。

老いた白猫は気持ちよさそうにごろごろとのどを鳴らした。

そんな調子で短い中休みが終わり、二幕目の客が続けざまに入ってきた。

もっとも、身内に近い者たちだった。

のどか屋に姿を現わしたのは、元締めの信兵衛《しんべえ》、それに、岩本町《いわもとちょう》の御神酒徳利《おみきどっくり》だった。

三

「金時人参、大好評でしたよ、富八《とみはち》さん」

千吉が野菜の棒手振《ぼてふ》りに声をかけた。

「そうかい。おいらがいい品を届けたからな」

富八が満足げに答えた。

「湯は届けるわけにいかねえから」

湯屋のあるじの寅次《とらじ》が笑みを浮かべた。

富八といつも一緒に動いているから、御神酒徳利と呼ばれている。のどか屋が岩本町にあったころからの古いなじみの名物男だ。

「金時人参と厚揚げの煮物ができましたが、いかがでしょう」

時吉が厨から声をかけた。

「おう、いいな」

「そりゃもちろん食うぜ」

寅次と富八がすぐさま答えた。

「わたしもいただこうかね。聞いただけでうまそうだ」

家主の信兵衛が言った。

のどか屋ばかりでなく、すぐそこの大松屋《おおまつや》やいくらか離れたところの巴屋《ともえや》、それに、浅草に近い善屋《ぜんや》と旅籠をいくつも持っている。千吉とおようたちが暮らしているところを含め、長屋も何軒かある。人情家主はのどか屋に顔を出してから見廻りに出ることが多かった。

「ああ、金時人参がほっこり煮えてるな。うめえ」

野菜の棒手振りがうなった。

「厚揚げも味を吸っててうめえや」

湯屋のあるじが笑みを浮かべた。

「これだけでもおいしいけれど、里芋なんかが入っていてもよさそうだね」

信兵衛が言った。

「ああ、それはいいかも」

おちよが乗り気で言った。

「いくらでも届けるんで。大根《だいこん》も甘藷《かんしょ》も」

富八が言った。

「どんどん増えていくじゃねえか」

寅次がそう言ったから、のどか屋に和気が漂った。

そのとき、表で話し声がした。

おけいが客を案内してきたのだ。

両国橋の西詰の呼び込みで旅籠の泊まり客が見つかると、おけいはのどか屋へ、おちえは巴屋へ案内するのが常だ。

「うちの客かな」

湯屋のあるじが箸を置いた。

寅次がのどか屋へ顔を出すのは、湯屋の客をつれてくるためというのが大義名分だ。

しかし……。

ほどなく姿を現わしたのは、ただの客ではなかった。

野田《のだ》の醬油《しょうゆ》づくり、花実屋《はなみや》の二人だった。

四

「またしばらくお世話になります」

番頭の留吉《とめきち》が愛想よく言った。

「こちらこそよしなに」

おちよが頭を下げた。

「久しぶりで。湯屋へおつれするお客さんじゃなかったけれど」

寅次が言った。

「あきないが終わったら、手代《てだい》とともに汗を流しにまいりますよ」

番頭が若い手代のほうを手で示した。

かつてはあるじの喜助《きすけ》とともに江戸へあきないに来ていたのだが、もう江戸へ出てくるのは大儀だということで、番頭が若い者をつれてくるのがこのところの習いとなっている。

「よろしゅうに」

初顔の手代が笑みを浮かべた。

「なら、待ってまさ」

湯屋のあるじが答えた。

花実屋の二人は荷を下ろすと、さっそくあきないに出ていった。

野田は銚子《ちょうし》などと並ぶ醬油どころだ。のどか屋では上方《かみがた》の薄口醬油も使っているけれど、濃口は東のものを使っている。

わけても花実屋は品《しな》のよさで定評があった。のどか屋とは古いなじみで、かつて千吉が野田へ行ったときに持ち前の勘《かん》ばたらきで手柄を挙げたこともある。

千吉の勘ばたらきは母のおちよ譲りで、いくたびも功を立ててかわら版に載ってきた。父の時吉は元武家の剣の達人で、立ち回りで悪者を捕らえたこともある。

そんなわけで、のどか屋の神棚にはいざというときに用いる「親子の十手《じって》」が飾られていた。房飾《ふさかざ》りの色は、初代のどかから受け継がれる猫の毛色に合わせた茶色だ。

花実屋の二人が出たあと、岩本町の御神酒徳利も潮時と見て引き上げていった。のどか屋に凪《なぎ》のような時が来たのはわずかなあいだで、また次の客がやってきた。

狂歌師の目出鯛三《めでたいぞう》と、小伝馬町《こでんまちょう》の書肆《しょし》、灯屋《あかりや》のあるじの幸右衛門《こうえもん》、それに、絵師の吉市《よしいち》だった。

五

「今日はちと相談があってまいったんですよ」

目出鯛三が言った。

赤い鯛を散らした派手な着物をまとっている。

老中水野忠邦《みずのただくに》が天保《てんぽう》の改革を強引に進めていたころは、江戸の市中の派手なものが目の敵《かたき》にされていた。やむなく目出鯛三も地味ないでたちに改めていたのだが、水野が失脚したいまは大手を振って着ることができる。

「灯屋さんもお見えということは、『料理春秋《りょうりしゅんじゅう》』の続篇の件でしょうか」

おちよがたずねた。

千吉が料理のつくり方などを記した紙をたくさん書き、それに基づいて目出鯛三が執筆にあたった『料理春秋』は灯屋から上梓《じょうし》され、千部を超える当たりとなった。当時の千部は大当たりで、一族を集めて「千部振舞《ふるまい》」を行うのが習いとなっていたほどだ。

「いや、それはもう先生がそろそろ仕上げられるかと」

灯屋のあるじが目出鯛三のほうを見た。

「『品川早指南《しながわはやしなん》』の下調べや、本業の狂歌集や、商家の引札《ひきふだ》（広告）づくりなどに忙殺《ぼうさつ》されておりましてな」

目出鯛三が髷《まげ》に手をやった。

「先生は多芸多才なので」

おちよが持ち上げる。

「で、『続料理春秋』のほうはいかがでしょう」

元の紙を執筆した千吉が厨から訊いた。

「続篇は調理法ごとにまとめるつもりで、『焼く』と『揚げる』はあらかた終わって、あとは『煮る』と『蒸す』ですな」

目出鯛三が答えた。

「『品川早指南』も進みはじめたようですし、本腰が入れば先生は速いので」

灯屋のあるじが言った。

『浅草早指南』を筆頭に、灯屋ではその土地の名所旧跡や名店などを紹介する早指南物を続けて出している。のどか屋にも縁がある元人情本作者の吉岡春宵《よしおかしゅんしょう》が執筆した『本所深川早指南《ほんじょふかがわ》』は好評を博した。

目出鯛三が執筆するのは『品川早指南』だ。なにぶん品川宿まで足を延ばさねばならないためいささか滞《とどこお》っていたが、ようやく進みはじめたらしい。

「で、相談と申しますと？」

酒を運んできたおちよが訊いた。

「ただでさえ忙しいのにつとめをむやみに増やすようなものですが、ちと思いついたことがありましてな。厨がひと区切りついたところでご両人にも来ていただいて」

目出鯛三が厨のほうを手で示した。

「いま、けんちんうどんをお出ししますので」

時吉が言った。

いくらか腹にたまるものをと所望《しょもう》されたので、打っておいたうどんを茹でているところだ。

「こちらは寒鰤の照り焼きを」

千吉がいい声を響かせた。

中食でも出した寒鰤は多めに仕入れたから、二幕目にも出せる。

「では、いただいてからということで」

狂歌師が笑みを浮かべた。

まずけんちんうどんが来た。

「人参が色鮮《あざや》やかですね」

絵師の吉市がまずそこに目をとめた。

「金時人参ですな。こりゃうまそうだ」

目出鯛三がさっそく箸を取った。

「寒い時分には何よりです」

灯屋のあるじも続く。

評判は上々だった。

「けんちん汁もうまいですが、うどんにするとまた格別ですな」

狂歌師が満足げに言った。

「胡麻油《ごまあぶら》の香りが食い気をそそります」

幸右衛門が笑みを浮かべる。

「金時人参の赤、葱《ねぎ》の青、里芋の白。みないい塩梅《あんばい》に響き合っています。もちろん、味もいいですが」

吉市が絵師らしい見方をした。

うどんが平らげられた頃合いに、寒鰤の照り焼きも仕上がった。

「お待たせいたしました。これでひと区切りです」

運んできた時吉が言った。

千吉も手を拭きながら出てきた。

「なら、座ってくださいや。照り焼きをつつきながら、あらましをお伝えしますので」

目出鯛三が言った。

「では、失礼して」

時吉が一枚板の席に座った。

千吉も続く。

これで役者がそろった。

六

「先だって、老中の水野様が失脚し、江戸の民は大いに喜びました。ずっと暮らしの上に重石《おもし》が載っていたようなものですから」

狂歌師は身ぶりをまじえた。

「ほっとひと息ついた方も多いでしょう」

灯屋のあるじが言った。

「重石が取れたおかげで、鯛《たい》の活けづくりなども心おきなく出せるようになりました」

時吉が感慨をこめて言った。

「何でもかんでも派手なものを忌《い》み嫌うのは、田舎者の勘違いですよ」

赤い鯛を散らした着物姿の目出鯛三が言った。

「それはまた手厳しいですね、先生」

おちよが言う。

「一見すると無駄なようなことから、さまざまな江戸の華が生まれてきたわけですから。そういった芽を根こそぎ摘み取るような無粋《ぶすい》な政《まつりごと》はいけません」

狂歌師は首を軽く横に振った。

「で、また無駄とも思われるような企《くわだ》てを先生が思いつかれましてね」

灯屋のあるじが言った。

「いや、わたしが思いついたわけじゃなく、先例を踏襲《とうしゅう》しようと思い立ちましてね」

目出鯛三は意味ありげに時吉のほうを見た。

「先例ですか」

と、おちよ。

「ひょっとして、うちと関わりのあることでしょうか」

千吉が訊いた。

「さすがの勘ばたらきですね」

目出鯛三が笑みを浮かべた。

「先例を踏襲ということは、むかし行われたことをまたやってみると」

時吉があごに手をやった。

「ことによると、うちの人が出たあれでしょうか」

おちよが思い当たったような顔つきで問うた。

「ああ、そうか」

時吉がひざを打った。

「どうやら図星《ずぼし》のようです。またやってみようと思い当たったのは、料理人さんたちの腕くらべなんですよ」

目出鯛三は答えを明かした。

七

かつて、江戸の料理人たちによる腕くらべがあった。

初めのうちは、あくまでも通人《つうじん》たちの遊びとして、年に一度行われていた。料理人を二人呼び、どちらの料理が勝るか判《はん》じて、勝ったほうにほうびを与えるという通人らしい遊びだ。

その後、料理人の数を増やし、より大がかりな腕くらべが催《もよお》されることになった。

この腕くらべに、ある年、長吉が出た。なかなかの奮闘ぶりで、翌年にもまた白羽《しらは》の矢が立ったが、浅草の名店のあるじは固辞《こじ》した。請《こ》われて一度出てみたものの、どうも性《しょう》に合わないというわけだ。

その代役を頼まれたのが、料理の弟子で義理の息子になる時吉だった。

時吉はおちよの助けも得て大舞台に臨んだ。

文政《ぶんせい》六年だから、もう二十年前の話だ。

「あれは千吉が生まれる前でしたねえ」

おちよが遠い目つきで言った。

「もうそんなになるか」

時吉も感慨深げに言った。

「腕くらべでうちの人と対戦したお登勢《とせ》さんの紅葉屋《もみじや》さんで、千吉がのちに料理の修業をすることになったんですから、縁はふしぎなもので」

おちよが言った。

千吉は紅葉屋で「十五の花板」として経験を積んでいたものだ。

「で、その縁を、さらに二代目さんに継いでいただけないかと思いましてね」

目出鯛三が千吉のほうを手で示した。

「すると、わたしが腕くらべに？」

千吉が問うた。

「ええ、代替わりということで」

目出鯛三が笑みを浮かべた。

「まだ千吉には荷が重いんじゃないかと」

おちよが首をかしげた。

「いや、何事も身をもって味わってみるのがいちばんだよ」

時吉が言う。

「そのとおりでしょう。腕くらべと言っても、このたびはさほど大がかりなものではなく、まずはかわら版の種にして……」

狂歌師はここで書肆のあるじのほうを手で示した。

「あわよくば、何か書物につなげられればと」

灯屋の幸右衛門が言った。

「うちの引札（宣伝）にもなるし」

おちよのほおにえくぼが浮かんだ。

ここで若おかみのおようが二人の子とともに現れた。どちらも昼寝をしていたらしく少々眠そうだ。

「はい、猫じゃらし」

おようは万吉に紐《ひも》がついた棒を渡した。

三代目が猫じゃらしを振りだすと、ふくとろくとたびがたちまち目の色を変えて遊びはじめた。

そのさまを、座敷にちょこんと座ったおひなが楽しげに見ている。

「ところで、思いがけない話があってね」

千吉がおように言った。

「思いがけない話?」

おようが問う。

「二代目さんに、初代に続いて料理人の腕くらべに出ていただきたいと思いましてね。さほど大がかりなものじゃないんですが」

目出鯛三はそう言ってから、あらましを伝えた。

腕くらべは一戦のみで、二人の料理人が競い合う。それを三人の判じ役が食べ比べて優劣を競う。

腕くらべの世話人の説明を、おようはうなずきながら聞いていた。

「せっかくお声をかけていただいたんだから、気張ってやりましょう」

おようは千吉に言った。

「そうだね」

猫じゃらしを無邪気に振っているわが子にちらりと目をやってから、千吉は引き締まった表情で答えた。

第二章　大根づくし

一

「そうか。料理人の腕くらべに出るのか」

黒四組《くろよんぐみ》の万年平之助《まんねんへいのすけ》同心が言った。

翌日の二幕目だ。

「思いがけない白羽の矢が立ってね、平《へい》ちゃん」

千吉は気安くそう呼びかけた。

千吉がまだわらべだったころより、いたって仲がいい。

「まだお相手は決まっていないんですが」

おちよが言った。

「どんな強敵か、どきどきしてるんだけど」

千吉は胸に手をやった。

「相手が決まったら、気合も乗るだろうよ」

万年同心はそう言うと、かわはぎの昆布締《こぶじ》めに箸を伸ばした。

昆布締めにしなくてもうまい魚だが、昆布に挟《はさ》んでひと晩おき、細づくりにしたひと品は酒の肴にもってこいだ。

「かわはぎは唐揚《からあ》げもつくるんで」

千吉が厨から言った。

「おう、それもいいいな」

万年同心が渋く笑った。

「あっ、いらっしゃいまし」

表で万吉を遊ばせていたおようの声が響いた。

「見るたびに大きくなってるな」

声が響いてきた。

ほどなく、のれんが開いて顔が現れた。

のどか屋に姿を現わしたのは、黒四組のかしらの安東満三郎《あんどうみつさぶろう》だった。

二

将軍の履物《はきもの》や荷物などを運ぶ黒鍬《くろくわ》の者には、三組まであることが知られている。

さりながら、正史に記されることがない四組目もひそかに設けられていた。約《つづ》めて黒四組だ。

安東満三郎がかしらをつとめる黒四組の役目は、世に知られない影御用だ。

悪党はだんだん悪知恵が働き、日《ひ》の本《もと》じゅうを股にかけて悪事を働いたりするようになった。狭い縄張りにこだわっていたら、悪党どもをお縄にすることはできない。

そこで、影御用の黒四組の出番だ。

跳梁《ちょうりょう》する悪党どもを捕まえるためには、日の本じゅうのいずこへでも出張《でば》っていく。いざ捕り物になったら、町方や火盗改方《かとうあらためかた》、それに代官所などの力も借り、これまで多くの悪党を退治してきた。

かしらの安東満三郎に、江戸の府内だけを縄張りにしている万年平之助同心、韋駄天《いだてん》自慢の井達天之助《いだてあまのすけ》、日の本の用心棒の異名《いみょう》を取る室口源左衛門《むろぐちげんざえもん》、黒四組はいたって少数精鋭だ。

のどか屋とは、かねてよりのなじみだ。相談事はのどか屋で一献《いっこん》傾けながら行うことが多い。黒四組にとっては、のどか屋は寄合所のごときものとなっていた。神棚に飾られている親子の十手も、町方ではなく黒四組が託したものだ。

「そうかい。二代目も料理人の腕くらべに出るのか。そいつぁいいや」

安東満三郎が笑みを浮かべた。

「気張ってやりますんで」

千吉は笑顔で答えて厨で手を動かした。

ほどなく、肴ができた。

まずはあんみつ煮だ。安東満三郎の名から採られた油揚げの甘煮だ。顔を見てからすぐつくれるから重宝《ちょうほう》している。

「うん、甘《あめ》え」

黒四組のかしらの口から、いつもの台詞《せりふ》が出た。

この御仁《ごじん》、よほど変わった舌の持ち主で、食い物は甘ければ甘いほどいいというのだから恐れ入る。刺身などにも味醂《みりん》をどばどばかけて甘くして食す人は、江戸広しといえどもあんみつ隠密の異名を取るこの男くらいだろう。

「平ちゃんには唐揚げを」

千吉がかわはぎの唐揚げを運んできた。

「おう、今日は吟味《ぎんみ》役だ」

料理の腕くらべになぞらえて万年同心が言った。

こちらはなかなかに侮《あなど》れぬ舌の持ち主だ。

「風が冷たいから、中にいようね」

おようが二人の子をつれて戻ってきた。

抱っこ紐からおひなを下ろす。生まれてからもう八か月経つから、ずいぶん大きくなった。

「もう大儀《たいぎ》だろう、若おかみ」

あんみつ隠密が声をかけた。

「ええ。肩が凝ります」

おようはゆっくりと腕を回した。

「もうちょっとしたら歩くようになるから」

千吉が言った。

「なかなかいい揚げ加減だな。さすがは腕くらべに出る料理人だ」

かわはぎの唐揚げの舌だめしをした万年同心が言った。

「この唐揚げは片栗粉《かたくりこ》を多めにするのが勘どころで。素材によって変えていかないと」

千吉は得意げな顔つきになった。

「その調子なら、いい勝負になるぜ」

黒四組のかしらが言った。

「気張ってやりますんで」

千吉が力こぶをつくった。

三

黒四組の二人はあまり長居をせずにのどか屋から出ていった。

くわしいことは話してくれなかったが、今度は江戸で悪さをしている者がいるらしい。そちらのほうで網を張っているところのようだ。

そのうち、元締めの信兵衛と力屋《ちからや》のあるじの信五郎《しんごろう》が顔を出し、よもやま話をしながら呑みはじめた。

ここでも話題に出たのは料理人の腕くらべだった。

「いまから備えをしておくつもりです」

千吉が厨から言った。

「どういう備えだい？」

元締めが訊いた。

「たとえば、同じ素材を使って、かぎられた時のあいだに料理人が膳をつくって勝負するとか。そういうお題が出ていると思って、いまから備えをしておこうと」

千吉は引き締まった表情で答えた。

「なら、今日のお題は何だい」

力屋のあるじが問うた。

馬喰町《ばくろちょう》の力屋は、その名のとおり、食せば力が出る飯屋だ。

常連客は駕籠かきや荷車引きや飛脚《ひきゃく》など、体を使うあきないの者がもっぱらだ。汗をかくから、味つけはよそより濃いめにしてある。

飯は大盛り。膳の顔は煮魚や刺身だが、具だくさんの汁と芋の煮付けやお浸しなどの小鉢もつく。

のどか屋とは長い付き合いで、猫縁者でもある。朝が早いから、のれんも早めにしまう。翌日の仕込みはせがれ夫婦に任せ、信五郎はのどか屋に顔を出すことが多かった。

「これです」

力屋のあるじの問いに、千吉が答えた。

あるものをかざす。

「へえ、大根かい」

元締めが言った。

「うちでも毎日のように使ってるよ。冬場はうまいから」

信五郎が笑みを浮かべた。

「なら、今日の二幕目は大根づくしかい」

元締めが問うた。

「はい。どんどんお出ししますよ」

千吉はそう答えて大根をまな板に置いた。

使う分だけを切って皮をむき、千切りよりいくらか太い千六本《せんろっぽん》に切っていく。

「包丁さばきだけで銭が取れるよ」

信兵衛が厨のほうを見て言った。

「あんまりおだてないでくださいまし。調子に乗るので」

おちよが言う。

「いや、腕くらべに出るんだから、気を盛り上げていかないと」

元締めが答えた。

千六本に切った大根は牡蠣《かき》と合わせる。

だしをあたためて醤油を加え、まず大根を煮る。

「やわらかくなるまでに、大根餅《もち》をつくります」

千吉が言った。

「大車輪《だいしゃりん》だね」

と、元締め。

「はい、手早くやります」

気の入った声で答えると、千吉は平たい鍋で大根餅を焼きだした。

生地《きじ》はもうつくってあった。大根おろしに細かく刻んだ干し海老《ほしえび》を加え、片栗粉と塩を入れて火にかけ、粘り気が出るまで練る。

これを広げ、こんがりと両面を焼く。

焼きあがるや、千吉は食べやすい大きさに切った。

「運びましょう」

若おかみが動いた。

「こちらは酢醤油でどうぞ」

千吉が手つきで示した。

ちょうど大根がいい塩梅に煮えてきた。

「牡蠣を合わせます」

唄うように言うと、若き料理人は牡蠣の身を鍋に投じ入れた。

あくを取りながら煮る。

頃合いになったら盛り付け、七味唐辛子《しちみとうがらし》を振れば出来上がりだ。

「この大根餅はうまいねえ」

元締めがうなった。

「海老の風味がちょうどいい感じです」

力屋のあるじが和す。

そこへ次の肴が運ばれてきた。

「お待たせしました。牡蠣大根でございます」

千吉が腕くらべの本番さながらの所作で器を置いた。

「おお、来た来た」

「こりゃうまそうだ」

二人の箸がさっそく動いた。

「どちらもいい塩梅に煮えてるね」

信兵衛が満足げに言った。

「うちと違って、上品な味つけで」

信五郎が言う。

「力屋さんはあきないで濃いめの味つけにされてるので」

千吉が如才《じょさい》なく言った。

「とにかく、大根のお題でこれだけ出せれば上々吉だ」

元締めが笑顔で言った。

「いやいや、ほかにも工夫しないと、とても勝負にはならないでしょう」

千吉は気を引き締めて答えた。

四

元締めと力屋のあるじが腰を上げてほどなく、隠居の大橋季川《おおはしきせん》が姿を現わした。古いなじみの常連中の常連だ。

今日は療治《りようち》の日だった。かつては俳諧師《はいかいし》として諸国を廻っていた季川は、いまだ矍鑠《かくしゃく》としているが、さすがに歳のせいで足腰の療治は欠かせない。

幸い、良庵《りようあん》といういい腕のいい按摩《あんま》がいた。良庵と女房のおかねは決まった日にのどか屋を訪れ、座敷でひとしきり療治を施す。いい内湯がある近くの大松屋で湯につかり、療治を受けた季川は、のどか屋で一献傾けてから一階の部屋に泊まるのが常だった。

料理人の腕くらべのことを伝えると、隠居も按摩とその女房もこぞって喜んでくれた。

「今日は大根がお題だと思っていろいろつくってるんです。療治が終わったら、ご隠居さんにもお出しします」

千吉が張り切った様子で言った。

「そうかい。それは楽しみだね」

隠居は温顔で答えた。

療治は終わり、良庵とおかねは次に向かった。腕のいい按摩は引く手あまただ。

季川が一枚板の席に陣取ったとき、今日のあきないを終えた花実屋の二人が帰ってきた。

「粕汁《かすじる》が頃合いですので」

千吉が厨から言った。

「それはあたたまりそうだね」

隠居の白い眉がやんわりと下がる。

「では、手前どもも頂戴します」

番頭の留吉が笑みを浮かべた。

「楽しみです」

お付きの若い手代が素直に言う。

ほどなく、大根と塩鮭《しおざけ》の粕汁が運ばれてきた。

大根は皮をむき、ほどよい厚さの銀杏《いちょう》切りにする。

脇を固める人参は同じくらいの厚さの輪切りだ。今日も金時人参が入っている。

塩鮭は薄い塩水につけ、軽く塩抜きをしておく。それからひと口大に切る。

鍋に大根と人参を入れ、だし汁を加えて火にかける。沸いたらあくを取りながらことことと煮る。

ここに塩鮭、さらに細かくちぎった酒粕《さけかす》を加える。味つけは醤油と砂糖だ。もちろん、醬油は花実屋の品を用いている。

またあくを取りながら、味がしみるまでじっくり煮れば、冬場にはありがたい大根と塩鮭の粕汁の出来上がりだ。

「うまいねえ」

食すなり、隠居がうなった。

「冷たい風に吹かれながらお得意先を廻って、戻ってきた身には何よりありがたいです」

留吉がしみじみと言った。

「おいしゅうございます」

手代も感激の面持ちだ。

「隠し味に醬油が入っているんだね」

隠居が千吉に訊いた。

「ええ、そのとおりです。味がぎゅっと引き締まるんで」

千吉は得たりとばかりに答えた。

「甘酒《あまざけ》に塩を入れるようなものですね、師匠」

おちよが俳諧の師の季川に言った。

「なるほど。甘酒にひとつまみのいい塩を加えれば、逆に甘みが増すというからね」

隠居がうなずいた。

「羊羹《ようかん》づくりもそうですね。塩が味の決め手です」

千吉が言った。

「のどか屋さんは塩もいい品をお使いなので」

花実屋の番頭が言った。

「播州《ばんしゅう》赤穂《あこう》の塩はとてもいいです」

千吉が笑みを浮かべた。

「それにしても、五臓六腑《ごぞうろっぷ》にしみわたるね。体が芯からあたたまるよ。……おっ、あたたまった拍子に一句できた」

季川がおちよのほうを見た。

「どうぞ」

女弟子が身ぶりをまじえる。

隠居はのどの具合を調《ととの》えてから、できたばかりの発句《ほっく》を披露した。

粕汁や海山の幸ここにあり

「大根と人参は畑の幸だがね。まあ、そこはそれということで。……なら、おちよさん、付けておくれ」

季川は手でうながした。

「えー、それなら、駄句《だく》ですが……」

おちよはそう断ってから付け句を披露した。

醬油と塩の隠れた力

「まさに、そうでございますね」

花実屋の番頭はそう言うと、残りの粕汁をうまそうに胃の腑に落とした。

五

季川は一階の部屋に泊まり、翌朝の豆腐飯を食してから駕籠で戻るのが常だった。

豆腐飯はのどか屋の名物料理だ。

これを食したいがためにのどか屋に泊まる客もあまたいる。朝餉《あさげ》だけ食べに来てもいい。その日もなじみの大工衆がいくたりかやってきた。

「毎日食っても飽きねえからな。のどか屋の豆腐飯は」

「一杯で三度楽しめるしよ」

「ありがてえ、ありがてえ」

そろいの半纏姿の大工衆が口々に言った。

のどか屋の命のたれを加え、じっくりと煮た豆腐をほかほかの飯に載せて食す。

まずは豆腐だけを匙《さじ》ですくって食す。これだけでも存分にうまい。

続いて、飯とわっと混ぜて胃の腑に落とす。うまいばかりか、腹にもたまって大満足だ。

さらに、薬味を混ぜて食す。もみ海苔《のり》や炒《い》り胡麻《ごま》や葱、さらにおろし山葵《わさび》など、とりどりの薬味が加わると味に深みが出てこたえられない。

まさに、一杯で三度楽しめる豆腐飯だ。

朝餉の膳には具だくさんの味噌汁と小鉢もつく。客がみな笑顔になる膳だ。

「隠し味の醤油が利いてるねえ」

花実屋の番頭が言った。

「おいしゅうございます」

初めて食した若い手代が感激の面持ちで和した。

その後は、千吉が料理人の腕くらべに出る話になった。

「へえ、そりゃほまれだな」

「気張ってやりな」

大工衆が励ます。

「相手がまだ決まっていないのですが」

時吉が言った。

「なんだかどきどきして」

千吉が胸に手をやった。

「だれが相手でも悔いがないようにやればいいよ」

隠居が温顔で言った。

「勝ち負けは二の次なので」

留吉が笑みを浮かべる。

「はい、番頭さんのおっしゃるとおりで」

千吉は殊勝《しゅしょう》にうなずいた。

「学びだと思ってやりゃあいいさ」

「そうそう、また料理の腕が上がるぜ」

「この先も楽しみだ」

大工衆が口々に言った。

「気張ってやりますんで」

千吉が白い歯を見せた。

六

対戦相手が決まったのは、その日の二幕目がかなり進んだころだった。

一枚板の席には春田東明《はるたとうめい》がいた。

並々ならぬ学殖《がくしょく》を有する学者だが、寺子屋の師匠としても慕われており、これまでに育てた者は多い。千吉もその一人だ。

話題はおのずと料理の腕くらべになった。

「楽しみですね、千吉さん」

つややかな総髪《そうはつ》の学者が笑みを浮かべた。

教え子に対しても、春田東明はていねいな言葉遣いをする。

「ちょっとどきどきしてますけど」

千吉が包み隠さず言った。

「楽しみながら学ぶつもりで臨めばいいでしょう」

春田東明はそう言って、揚げ出し豆腐を口中に投じた。

なめこと海苔、それに紅葉《もみじ》おろしをあしらった揚げ出し豆腐は、冬場にはありがたいひと品だ。

「何よりの学びですから」

おちよが言った。

「わたくしも楽しみにしております」

学者は笑顔で答えた。

ここで、のれんがふっと開き、一人の客が急ぎ足で入ってきた。

赤い鯛を散らした着物がひときわ目立つ。

目出鯛三だ。

「決まりましたよ」

開口一番、狂歌師が言った。

「お相手ですか」

千吉が手を拭きながら厨から出てきた。

「そのとおり」

目出鯛三はやや芝居がかった口調で答えた。

「腕くらべの相手はどなたでしょう」

春田東明がたずねた。

万吉を遊ばせていたおようも、固唾《かたず》を呑んで見守っている。

目出鯛三は少し気を持たせてから答えた。

「芝神明《しばしんめい》の名店、旬屋《しゅんや》のあるじの幾松《いくまつ》さんです」

第三章　穴子《あなご》の一本揚げ膳

一

「芝神明の旬屋って言やあ、江戸でも指折りの名店だな」

長吉屋のあるじの長吉が言った。

「料理屋の番付にも三役格で載っています」

長吉屋に通って花板をつとめ、若い料理人たちに指導を行っている時吉が言った。

「強敵だね」

一枚板の席に陣取った客が笑みを浮かべた。

上野黒門町《うえのくろもんちょう》の薬種問屋、鶴屋《つるや》の隠居の与兵衛《よへえ》だ。

「うちのせがれよりはるかに格上なので」

寒鰤の腹身を焼き霜《しも》づくりにしながら、時吉が言った。

「先代はおれもよく知っている。腕が良くて華のある料理人だった。せがれの幾松はその背を見て育った男だから、太い筋が一本通ってら」

古参の料理人が指を一本立てた。

「二代目さんは紅葉屋の花板を十五でつとめたくらいだから、力を出せば勝負になるかもしれませんよ」

与兵衛が言った。

与兵衛は隠居所を兼ねた見世《みせ》として、紅葉屋の後ろ盾になった。そこで「十五の花板」として場数を踏んだのが千吉だ。

女あるじのお登勢は、かつては時吉と料理の腕くらべのおなじ土俵に立った仲だから、思えば長い付き合いだ。お登勢の子の丈助《じょうすけ》は千吉の四つ下で、母から薫陶《くんとう》を受けてひとかどの料理人に育っている。

「いや、それほど甘《あめ》えもんじゃねえでしょう。旬屋とのどか屋じゃ、本陣と旅籠ほど違うんで」

長吉は苦笑いを浮かべた。

「うちはまさに旅籠付きの小料理屋ですから」

時吉がそう言ったから、長吉屋の一枚板の席に和気が漂った。

寒鰤の焼き霜霙《しもみぞれ》づくりができた。

焼き霜にした寒鰤の皮目を下にして引きづくりにする。その上に、水気を絞った大根おろしをたっぷり載せる。霙づくりの名がつくゆえんだ。

これに彩りよくあさつきと紅蓼《べにたで》を散らし、おろし山葵と醬油を添えれば出来上がりだ。

「さすがの味だね」

与兵衛がうなった。

「ありがたく存じます」

時吉が一礼した。

大根おろしだけ手伝った若い料理人もほっとした顔つきになる。花板と一緒に一枚板の席に立つのは何よりの修業だ。

「おとっつぁんがまた腕くらべに出るわけにゃいかねえからな」

長吉が渋く笑った。

「まあ、勝ち負けは二の次なので。千吉の学びになれば」

時吉がそう言って、まな板をさっと拭いた。

二

新年になった。

暮れには弘化《こうか》と改元されることになる一八四四年だ。

年が改まると、淑気《しゅくき》とめでたさに加えて、身の引き締まるような気が漂うものだが、ことにその年ののどか屋はそうだった。

なにしろ、二代目の千吉が料理の腕くらべに出る。しかも、相手は江戸の料理人の三役格だ。はるかに格上の料理人と戦わねばならないのだから、のどか屋の気はぴりっと引き締まっていた。

「へえ、腕くらべに出るのかい。気張ってやりな」

正月の泊まり客が千吉を励ました。

行徳《ぎょうとく》から初詣《はつもうで》に来た客で、以前にも泊まってくれたことがある。

「気後れだけはしないようにします」

千吉が答えた。

「その意気なら大丈夫だな」

連れの客が言った。

顔が似ているから兄弟か親族だろう。初詣の客がこうして泊まってくれるから、中食だけは三が日休むが、正月からのどか屋は忙しい。

「のどか屋の二代目の腕なら大丈夫でさ」

「正月は豆腐飯に雑煮《ぞうに》もついてありがてえこって」

なじみの大工衆が言った。

普請場は年明けから動いている。いつもと同じ顔ぶれだ。

「雑煮がまたうめえな」

行徳の客が笑みを浮かべた。

「味噌がついたりしないように、お雑煮はすまし汁で」

おちよのほおにえくぼが浮かんだ。

「へえ、それですまし汁なのかい」

「学びになるな」

「まあ、うまけりゃなんでもいいさ」

大工衆は口も箸の動きもにぎやかだ。

江戸は焼いた角餅《かくもち》だ。

これに海老や慈姑《くわい》や椎茸《しいたけ》などの具がふんだんに入っている。鰹《かつお》だしの利いた自慢の雑煮はいたって好評だった。

「豆腐飯に具だくさんの雑煮、盆と正月がいっぺんに来たみてえだな」

行徳の客が言った。

「いまは正月じゃねえかよ」

そのつれがすかさず言ったから、正月ののどか屋に笑いがわいた。

三

四日から中食がまた始まった。

三が日と同じく椀物は雑煮にした。おせちを彩っていた昆布巻きと黒豆《くろまめ》、それに慈姑の煮物も小鉢として出した。

膳の顔は、穴子《あなご》の天麩羅にした。今年も一年、まっすぐ前を向いていけるようにという願いをこめた一本揚げだ。

「皿からはみ出るさまがいい感じだぜ」

「どれも真っすぐ揚がってら」

「そりゃ、腕くらべに出る料理人だからよ」

そろいの綿入れの半纏の左官衆が口々に言った。

今日は親子がかりではないから、厨は千吉だけだ。

「お待たせいたしました」

「穴子の一本揚げ膳でございます」

おちよと手伝いのおちえが競うように膳を運ぶ。

「毎度ありがたく存じました」

若おかみのおようが勘定場からいい声を響かせた。

「ありがたくぞんじま」

三代目の万吉がやや舌足らずの声を発した。

「おう、よく言えたな」

「正月でいくつだい」

客が笑みを浮かべて問うた。

「三つ」

万吉は指を三本立てた。

「違うでしょう。お正月になったら歳が一つ増えるの」

おようが教えた。

「へえ、もう四つかい」

「早《はえ》えもんだ」

客は驚いたように言った。

「ほんとに、早いもので」

おようが感慨深げな面持ちになった。

当時は数えだから、年が明けると一つ歳が加わる。秋生まれの万吉は、満なら三歳と四か月だが、数えでは四つになったばかりだ。

「するってえと、この子は早くも二つだな」

客がもう一人の子を指さした。

下の子のおひなだ。

「ええ。まだ生まれて十月《とつき》くらいなんですけど」

と、およう。

「おいらの上の子は大晦日《おおみそか》生まれだから、ひと晩寝て元日になっただけで二つになりやがった」

客の一人がそう言ったから、のどか屋に笑いがわいた。

「まあなんにせよ、正月から縁起物を食って、気張ってやろうぜ」

「おう、まっすぐ揚がった穴子は何よりの縁起物だ」

「達者《まめ》でいられるように黒豆も食ってよう」

「忘れちゃいけねえよろ昆布《こんぶ》」

客の箸が競うように動いた。

こうして、のどか屋の中食の膳は年明けから滞りなく売り切れた。

四

「今年も大禍《たいか》なく暮らせるといいねえ」

元締めの信兵衛が言った。

二幕目に入ってまもない頃合いだ。おけいとおちえは両国橋の西詰へ泊まり客の呼び込みに出ている。

「それがいちばんですね」

おちよが答えた。

「でも、腕くらべの日取りが決まって、終わらないことには、どうも肩の荷が下りませんで」

千吉が肩に手をやった。

「はは、それもそうだね」

元締めが笑みを浮かべた。

ほどなく、岩本町の御神酒徳利が顔を見せた。

年が改まっても、いつもの顔だ。

「向こうさんへはあいさつに行ったのかい」

湯屋のあるじがたずねた。

「芝神明の旬屋さんですね。腕くらべの相手がどんな料理を出しているのか気になるので、お忍びで舌だめしに行こうかと」

千吉が答えた。

「お忍びってのは、偉い人のすることとよ」

おちよがさりげなくたしなめた。

「堂々と行きゃあいいじゃねえかよ」

野菜の棒手振りが白い歯を見せた。

「そうそう。あいさつがてら、正面からぶつかって行きゃあいい」

寅次も言う。

「元締めさんはどう思われます？」

おちよがたずねた。

「そうだねえ」

信兵衛は腕組みをし、しばし考えてから答えた。

「負けてもいいから、正々堂々とやればいいよ」

元締めは笑みを浮かべた。

「うちの人もそう言うと思います」

おちよがうなずいた。

「お相手のお料理がどういうものか気になるのは分かるけど、こそこそとお忍びで行くんじゃなくて、正々堂々と名乗ってから舌だめしをさせていただくのがいちばんだと思う」

おようがはっきりと言った。

「分かったよ」

千吉が右手を挙げた。

「正面からごあいさつに行ってくるよ」

それを聞いて、のどか屋のおかみと若おかみは目と目を合わせてうなずき合った。

「なら、菓子折を提《さ》げてね」

おちよの表情がやわらいだ。

「じゃあ、次の親子がかりの日にでも」

千吉が言った。

「善は急げだからよ」

湯屋のあるじが言う。

「いい感じで動きだしたな」

野菜の棒手振りが白い歯を見せた。

これで段取りが決まった。

五

ややあって、大松屋の升造《ますぞう》がやってきた。

若おかみのおうのと三代目の升吉《ますきち》も一緒だ。

「あれ、呼び込みはもういいの？　升ちゃん」

千吉が竹馬《ちくば》の友に向かって言った。

「うん、長逗留のお客さんがいくたりかいるんで」

升造は笑顔で答えた。

「皆さん、浅草寺《せんそうじ》などへ初詣へ」

おうのが言う。

話し声を聞いて、万吉もとことこと出てきた。

「凧揚《たこあ》げ、する？」

兄貴分の升吉が訊いた。

手には小ぶりの凧を持っている。

龍、という字はいささかいびつだが、凧は凧だ。

「うんっ」

万吉は元気よく答えた。

のどか屋の前で、正月の凧揚げが始まった。

「ほら、升吉、見てな」

升造が手本を見せた。

「わあ」

揚がりかけた凧を見て、升吉が声をあげる。

しかし……。

舞う風をうまく捕まえきれず、凧はほどなく落ちてしまった。

「今度は千ちゃん」

大松屋の二代目が千吉に凧を渡した。

「おとう、しっかり、って」

おひなを抱っこしたおようが、万吉に言った。

「しっかり、おとう」

万吉が声をかける。

「よし」

道の往来をたしかめると、千吉は勢いをつけて走りだした。

凧が正月の空にふわりと舞う。

表に出てきたろくとたびが思わず前足を浮かせた。

「わあ、揚がった」

升造が声をあげた。

「その調子」

千吉が糸を引く。

風をつかんだ凧は、気持ちよさそうに江戸の空を舞った。

六

「腕くらべの日取りがおおむね決まりまして」

狂歌師の目出鯛三が言った。

二幕目がもうだいぶ進んだ頃合いだ。

灯屋のあるじの幸右衛門と、絵師の吉市もいる。

「さようですか。いつでしょう」

千吉がさっそく訊いた。

「今月の晦日にどうかというお話で。旬屋さんのご意向ですが」

世話人の目出鯛三はいくらかあいまいな顔つきで答えた。

「一月の晦日ですね。よろしゅうございますよ」

千吉は笑みを浮かべた。

「それだとあっという間ね」

おちよが言った。

「あんまり長い間があるよりいいよ」

と、千吉。

「なら、早めにごあいさつに行ってこないと」

おちよが言う。

「そうだね。筋を通しておかなきゃ」

千吉の顔つきが引き締まった。

「ただ、旬屋さんのほうから一つ注文がつきましてね」

目出鯛三がそう言って、猪口《ちょく》の酒を呑み干した。

すでに寒鮃《かんびらめ》の煮つけが出ている。冷えるからと、湯豆腐の注文も入っていた。

「どういう注文でしょう」

千吉がたずねた。

「料理をつくるのに使い慣れた厨を使いたい、つまり、旬屋を舞台とさせていただきたいというご注文で」

世話人は答えた。

「でも、旬屋さんは慣れていていいかもしれませんが、千吉は初めての厨になるわけでしょう？」

　おちよが少し不満そうに言った。

「おっしゃるとおりです。できることなら、どちらも同じ荷を背負って戦っていただきたかったのですが、旬屋さんのたっての願いでしてね」

　目出鯛三が言った。

「舌だめしの場も旬屋さんになりますから、そのほうが引札になるという思惑もあるのでしょう」

　灯屋のあるじが冷静に言った。

「頑丈な二階建てで、海が見える部屋は人気だそうです」

　絵師の吉市が言った。

「そりゃ、うちでやるわけにはいかないね」

　千吉が母に言った。

「そりゃそうかもしれないけど、ただでさえ千吉のほうが荷が重いのに」

　おちよが首をかしげた。

　ほどなく湯豆腐が出た。

　甘めの練り味噌につけて食すと、五臓六腑にしみわたるうまさだ。

それを食しているうちに、時吉が今日は早めに帰ってきた。

のどか屋のあるじをまじえて、さらに相談が続いた。

七

「おまえには不服があるか」

時吉が千吉にたずねた。

「いや、決まったことなら、従うばかりで」

のどか屋の二代目は肚《はら》をくくったような顔つきで答えた。

「そうだな。このたびの腕くらべは、勝ち負けは二の次だ」

時吉は表情をやわらげた。

鯵《あじ》の干物《ひもの》をあぶったところで火を落とし、おちよがのれんをしまった。

およう は二人の子に乳をやってからともに眠っているようだ。夕方ののどか屋は静かだった。

「では、晦日の腕くらべの舞台は旬屋さんでよろしゅうございましょうか」

目出鯛三が少し申し訳なさそうに言った。

「ええ、承知で」

千吉が引き締まった表情で答えた。

「その前に、ごあいさつね」

と、おちよ。

「そのおりに、厨の下見をさせてもらえばいいでしょう。わたしも段取りの打ち合わせがあるのでまいりましょう」

目出鯛三が言った。

「それはせがれも心強いでしょう」

時吉がうなずいた。

「かわら版ばかりでなく、この先腕くらべが重なっていけば、いずれ手前どもから一冊にまとめさせていただければと」

幸右衛門がそう言って、ほぐした干物を口中に投じ入れた。

「灯屋さんはあきない上手ですから」

目出鯛三が持ち上げる。

「いやいや、先々を見て手を打つのが楽しみで。あてが外れることもしょっちゅうありますが」

書肆のあるじが笑った。

「なら、わたしも腕くらべの場で描かせていただきましょう」

絵師が言った。

「書物はともかく、かわら版もあるので」

腕くらべの世話人が言う。

「都合がついたら、吉岡春宵さんにも来ていただきましょう。そうすれば、書物にまとめやすいので」

世話人が案を出した。

「どんどん決まっていきますね」

と、千吉。

「あとはおまえが気張るばかりだ」

時吉が言った。

「気張りましょう」

のどか屋の二代目が帯をぽんとたたいた。

第四章　旬屋《しゅんや》の厨

一

次の親子がかりの日は、時吉だけが厨を受け持つことになった。

芝神明の旬屋まで、千吉が世話人の目出鯛三とともに赴《おもむ》き、あいさつをして厨の検分まで済ませるという段取りだ。

「芝神明はそれなりに遠いから、提灯《ちょうちん》を忘れないでね」

おようが言った。

「ああ、分かってる。あんまり遅くならないようにするよ」

千吉は笑みを浮かべた。

厨からは味噌のいい香りが漂っている。今日の中食は味噌煮込みうどんだ。肉厚の椎茸に大ぶりの海老天が入った具だくさんの味噌煮込みうどんに、ふっくらと炊きあげた茶飯《ちゃめし》と大根の煮物もつく。

いつもは二幕目から来る目出鯛三がちゃんと来てくれるかどうか少し不安だったが、着物に赤い鯛を散らした男は中食が始まる前ののどか屋に顔を出してくれた。

「何も食べずに出かけるのは後ろ髪を引かれますが」

狂歌師が笑って言った。

「では、大根の煮物だけでもいかがでしょう。味噌煮込みうどんは数にかぎりがありますが、こちらは二幕目にも出すつもりで多めにつくってありますので」

厨から時吉が言った。

「昨日からことことと煮ているので、存分に味がしみていますよ」

おちよも言う。

「さようですか。では、皮切りの大根だけいただいてまいりましょう」

目出鯛三が乗り気で言った。

煮物が出た。

厚切りの大根にじっくり味をしみこませ、練《ね》り辛子《がらし》を添えてすすめる。

「ああ、これは大根という大きな町にさまざまな味の道がついて、いい塩梅になっていますね」

煮物を食すなり、目出鯛三が言った。

「味の道ですか」

千吉が復唱する。

「いい言葉ですね。いろいろと工夫して、食材に味の道をつけていくのが料理人のつとめかもしれません」

時吉が言った。

「なるほど」

目出鯛三は一つうなずいてから続けた。

「そのあたりも、旬屋の幾松さんから学べるでしょう」

「精一杯学んできますよ」

千吉はいい顔つきで答えた。

二

芝神明宮は「関東のお伊勢《いせ》さま」として江戸の民に親しまれてきた。

創建は平安《へいあん》時代、一条《いちじょう》天皇の御代《みよ》だから、古い由緒がある。

門前にはさまざまな見世が軒《のき》を並べている。団子屋《だんごや》や土産物屋など、妍《けん》を競う見世のなかに旬屋があった。

構えはひときわ立派だ。いくらか奥まったところで、二階もある。

階段を上り、二階の座敷に通された初めての客は思わず嘆声《たんせい》をもらす。

旬屋の二階からは、芝の海が見えるのだ。

美しい海を見ながら、旬の料理を楽しむ。これが旬屋の売り物だった。

手土産として、千吉は大門《だいもん》の風月堂音次《ふうげつどうおとじ》の焼き菓子を買った。松葉《まつば》をかたどった菓子で、さくさくと香ばしい。

「近づいてきました。舌だめしが楽しみですね」

いくらか速足で歩きながら、目出鯛三が言った。

「わたしは心《しん》の臓が、少し」

千吉は胸に手をやった。

「楽にいきましょう、二代目」

腕くらべの世話人が笑みを浮かべた。

「ええ。今日はあいさつと下見だけなので」

千吉は答えた。

芝神明に着いた。

「わたしはいくたびか行ったことがあるので、もはやなじみ客です」

目出鯛三が言った。

いくたびも行かなくても、赤い鯛を散らした着物の男はすぐ憶《おぼ》えられるだろう。

「あれでしょうか」

千吉が指さした。

「そうです。二階の座敷から海が見えるので」

目出鯛三が答えた。

ややあって、旬屋ののれんが見えてきた。

深い色合いの群青色《ぐんじょういろ》ののれんに「旬」と染め抜かれている。

見ただけで心躍るような字だ。

「よし、なら気を入れていきましょう」

目出鯛三が言った。

「承知で」

のどか屋の二代目が帯をぽんとたたいた。

三

「晦日の腕くらべのお相手をつれてまいりました。横山町の旅籠付き小料理屋、のどか屋の二代目の千吉さんです」

目出鯛三がいくらか芝居がかったしぐさで示した。

「の、の、のどか屋の千吉と申します」

緊張のあまり、言葉がつかえてしまった。

「旬屋の幾松です。今日はわざわざお運びいただきまして、ありがたく存じます。お噂はかねがねうかがっております」

市松模様《いちまつもよう》の手ぬぐいでいなせに髷を覆った料理人が腰を低くして言った。

三十代の半ばくらいだろうか、歌舞伎《かぶき》の主役はともかく、渋い脇役ならつとまりそうな面構えだ。ちらりと手のほうを見やると、修業を積んできた料理人のほまれの指が見えた。

「じゃ、若輩《じゃくはい》ですが、どうかよろしゅうお願いいたします。これはつまらぬものですが、ごあいさつのしるしに」

まだ硬い顔つきで、千吉は風呂敷包みを差し出した。

「これはこれは、お気遣いありがたく存じます」

隙のない所作で、旬屋のあるじは手土産を受け取った。

千吉のような二代目ではなく、おのれの力で若くして見世を開き、その後江戸でも指折りの名店に押し上げた男だ。これまで培《つちか》ってきた自信が、身の内からあふれているかのようだった。

「では、のちに厨の検分をして、腕くらべの段取りを進めることにしますが、何はともあれ、旬屋さんの料理を味わわせていただくことにいたしましょう」

目出鯛三が笑みを浮かべた。

「承知しました。おまかせでよろしゅうございましょうか」

千吉の顔も見て問う。

「ええ、お願いいたします」

千吉は頭を下げた。

「何か好き嫌いがございましたら遠慮なく」

幾松が言う。

「いえ、何でも頂戴しますので」

千吉の表情が初めていくらかやわらいだ。

「わたしも好き嫌いはございませんので」

目出鯛三が笑顔で言った。

「では、ご案内させましょう」

旬屋のあるじは手をぽんぽんとたたいた。

「こちらのお部屋へどうぞ」

片滝縞《かただきじま》の着物をまとった女がすぐさま現れて言った。

こうして、舌だめしが始まった。

四

「一枚板の席がない長吉屋みたいな雰囲気ですね」

部屋に通された目出鯛三が言った。

「ああ、たしかに」

千吉は少しかすれた声で答えて、湯呑みに手を伸ばした。

酒か茶かと訊かれたが、まだ酒を呑む気分ではなかったから茶を頼んだ。狂歌師は酒だ。

「さて、どんな料理が出ますか」

目出鯛三がそう言って、千吉がついだ猪口の酒を呑み干した。

ほどなく、初めのお通しが来た。

海老芋と帆立貝《ほたてがい》の山芋餡《やまいもあん》かけだ。

「うん、味がよくしみてますすな」

海老芋を食した目出鯛三が言った。

「帆立貝もさっと揚げてあるので」

と、千吉。

「盛り付けてから、すりおろした山芋と餡をかけてあるんですな。小鉢のお通しだけでも芸が細かい」

狂歌師がうなった。

「付け合わせの蕨《わらび》も、天盛りにした針柚子《はりゆず》もいい塩梅です」

千吉も和す。

「さすがは旬屋さんで」

目出鯛三が感心の面持ちで言った。

二つ目のお通しが来た。

干し柿の膾《なます》だ。

「初めは何かと思いました」

目出鯛三が驚いたように言った。

「干し柿を開いて種を取り、内側に風を当ててから短冊に切るんです。これならわたしもやったことがあります」

千吉が笑みを浮かべた。

「なるほど」

狂歌師がうなずく。

「大根に胡瓜《きゅうり》に椎茸、切り昆布に白炒り胡麻、それに松の実。それぞれに手間がかかっていますね」

千吉の表情が引き締まった。

「お通しだけでも手抜きなしですね」

「ええ」

二人の客が言った。

お通しが終わり、いよいよ本丸の料理が運ばれてきた。

「お待たせいたしました。穴子の照り煮でございます」

女が青みがかった皿を置いた。

「これはまたいいつやですね」

目出鯛三が言う。

「つやつやしていて、おいしそうです」

千吉がのぞきこんだ。

食してみると、火の入り方がちょうどよく、たれが塩梅よくからんでいて絶妙の仕上がりだった。

「このたれだけで丼飯がいけますね」

目出鯛三が笑みを浮かべた。

「先に平たい鍋で両面を焼いてから、煮つめたたれをからめているんですね。さすがの味です」

千吉が感心の面持ちで言った。

続いて、鰤大根が出た。

冬にうまくなる二つの食材を合わせた、まさに旬屋らしい料理だ。

「どちらもきちんと下ごしらえをされていますね。味によく出ています」

千吉が言った。

「大根の面取りやあく抜きなどですね」

と、目出鯛三。

「鰤は両面に塩を振って四半刻《しはんとき》（三十分）ほど置くんです。それから熱湯に通せば、臭みが抜けてうま味だけが残ります」

千吉が勘どころを伝えた。

ここで幾松が姿を現わした。

「いかがでございましょうか。さらにどんどんお持ちしますが」

旬屋のあるじが言った。

「おいしゅうございます。脂ののった寒鰤にたしかな下ごしらえがされていて」

千吉が笑みを浮かべた。

「塩を振って、魚に味の道をつけるところから仕事を始めておりますので」

旬屋のあるじが言った。

ここでも「味の道」という言葉が出た。目出鯛三は客として旬屋に通っているから、もともとは幾松の言葉のようだ。

「いい味が道を通っていますね」

目出鯛三が言った。

「恐れ入ります。さらにご飯ものと椀ものなどもお出しいたしますので、ごゆっくりお召し上がりくださいまし」

一分《いちぶ》の隙もない所作で言うと、幾松は厨へ下がっていった。

五

「ただのご飯じゃなかったですね」

だいぶほぐれてきた顔つきで、千吉が言った。

「蒸《む》し寿司《ずし》が出てくるとは思いませんでしたね」

目出鯛三が笑みを浮かべた。

牛蒡《ごぼう》、人参、蓮根《れんこん》、ひじき、絹さやに錦糸玉子《きんしたまご》。彩り豊かな蒸し寿司だ。

「ほっとする味です。うまいです」

千吉がうなずいた。

ただのちらし寿司でもうまいが、軽く蒸すことで寿司飯がぐっとまろやかになる。

このあたりも料理人の腕だ。

椀ものも来た。

旬の牡蠣を使った真薯《しんじょ》椀だ。

「これも上品な味で」

狂歌師が満足げに言った。

「牡蠣とすり身はまざりにくいんですが、さすがの舌ざわりですね」

千吉の表情がここで変わった。

「これはもう、わたしに勝ち目はなさそうです」

のどか屋の二代目は自信なさげに言った。

「勝ち負けではなく、おのれの力を存分に出しましょう。それで負けたら致し方ないじゃないですか」

目出鯛三が励ますように言った。

「そうですね。弱気にならないように」

半ばはおのれに言い聞かせるように言うと、千吉は真薯椀の汁を感慨深げに啜《すす》った。

「最後に甘いものをどうぞ」

女が彩り豊かな料理を運んできた。

「これはまた華やかですな」

紅い鯛を散らした着物の男がのぞきこんだ。

「三色の白玉団子ですね。載っている餡が違います」

千吉も見る。

こし餡、くるみ餡、黒胡麻餡。色も風味も違う餡が体裁《ていさい》よく載せられている。食してみると、それぞれに味わいが違って美味だった。餡が甘すぎないのも心憎いかぎりだ。

最後まで堪能《たんのう》し、茶を呑み終えたところで、幾松がまた顔を見せた。

「お口に合いましたでしょうか」

旬屋のあるじが言った。

「そりゃあもう。どれもおいしかったですよ」

目出鯛三が笑顔で答えた。

「どれもさすがの旬の味でした」

千吉が和す。

「恐れ入ります」

幾松はていねいに頭を下げた。

「では、厨の検分にまいりましょうか」

目出鯛三が段取りを進めた。

「はい、ご案内いたします。こちらへどうぞ」

旬屋のあるじが身ぶりをまじえた。

六

広い厨では、料理人たちがそれぞれに手を動かしていた。

「晦日の腕くらべの下見にまいりました。わたくしは世話人で狂歌師の目出鯛三と申します」

目出鯛三がよどみなく言った。

「手を動かしながらでいいから聞け」

幾松が若い料理人たちに言った。

「へい」

「承知で」

かしらと同じように頭を手ぬぐいで覆った料理人たちが答えた。

髪の毛が料理に入ったりしないようにという配慮だ。

「それから、晦日の腕くらべで幾松さんと競うことになる、横山町ののどか屋の千吉さんです」

目出鯛三はやや大仰《おおぎょう》なしぐさで紹介した。

「せ、千吉です。どうかよろしゅうに」

千吉はかなり硬い表情で頭を下げた。

「横山町ののどか屋？」

脇板格とおぼしい料理人が少しいぶかしげに首をひねった。

「料理屋としては番付に載っていたりはしないのですが、旅籠付きの小料理屋としては江戸でも草分けのような見世で」

目出鯛三が説明した。

「浅草の長吉屋の……その、弟子筋に当たりまして」

千吉は祖父の名を出した。

「長吉さんからは三代目になる。筋の通った料理人さんだ」

幾松がそう言ってくれたから、千吉はほっとした。

「では、当日はここが舞台になりますので」

目出鯛三が千吉に言った。

「はい」

千吉がうなずく。

「奥に井戸があります。ご案内しましょう」

幾松が先導して歩きだした。

千吉が続く。

「試しに呑んでみてください」

幾松が柄杓《ひしゃく》を差し出した。

「はい」

千吉は受け取った。

指が少しふるえた。

呑んでみると、実にうまい水だった。

「おいしいです」

千吉は素直に言った。

「料理の肝《きも》にはいろいろあるけれど、まずはいい水を使うことだね」

幾松の口調が少し変わった。

「はい。次は何でしょう」

千吉が問うた。

「水と同じくらい大事なのは、塩だ。下ごしらえで塩を振り、素材に味の道をつけてやる。さきほども言ったけれど」

旬屋のあるじが言った。

「すべては味の道がついてからですね」

と、千吉。

「そうだね」

古参の料理人が渋く笑った。

七

その後も検分は続いた。

平たい鍋も天火《てんぴ》（現在のオーブン）も使い勝手が良さそうだ。むろん包丁などはおのれが使っているものを運ぶが、むやみに持参しなくてもすみそうだった。

「調味料は持ちこみでもかまわないということで」

目出鯛三が言った。

「塩や醬油や味噌ですね」

やっと緊張が取れてきた顔つきで、千吉が言った。

「味見のうえ、いくらでもお使いくださいまし」

旬屋のあるじはまたていねいな口調になった。

「ありがたく存じます。毎日つぎ足しながら使っている命のたれも持ちこませていただきます」

千吉が告げた。

「うちも蒲焼《かばや》きのたれなどはつぎ足しながら使っていますよ」

幾松が負けじと言った。

その後しばらくは調味料の検分が続いた。塩はのどか屋と同じ播州赤穂の下《くだ》り塩が主役だった。これなら持参する必要はない。

検分をしているあいだにも、客に供する料理づくりは続いていた。

「師匠、あたりをお願いします」

若い弟子が小ぶりの皿を差し出した。

椀だしがこれでいいかどうか、幾松に舌だめしを求めたのだ。

「塩気が気持ち足りねえ」

呑むなり、幾松が言った。

「はっ」

弟子が一礼した。

旬屋の厨には張りつめた気が漂っていた。

千吉も身の引き締まる思いがした。

検分はひとわたり終わった。

「ご要望があれば、何なりと」

旬屋のあるじが訊いた。

「いえ、とくにありませんので」

千吉は答えた。

「では、腕くらべの段取りの話を、できれば別室で」

目出鯛三が言った。

「では、高尾《たかお》の間がよろしいでしょう。ご案内いたしましょう」

隙を見せない料理人が言った。

八

高尾の間の床の間には、山水《さんすい》の掛け軸が飾られていた。

小人数で会食を楽しむにはもってこいの落ち着く部屋だ。

芝神明にお詣りがてら、旬屋で料理を楽しむ。あるいは、あきないの相談をする。値はそれなりにするが、江戸には暮らし向きのいい者も多い。そういった客に支えられて、旬屋はのれんを護ってきた。

さきほど料理はひとわたり出たから、高尾の間では吸い物だけが供された。若竹椀《わかたけわん》だ。筍《たけのこ》の穂先がやわらかく、吸い物の味も申し分がなかった。

「腕くらべでは、何か一つ、お題を出させていただこうと思います」

目出鯛三が言った。

「どういうお題でしょう」

待ちきれないとばかりに、千吉がたずねた。

「いや、それは当日のお楽しみということで」

狂歌師が笑みを浮かべた。

「あらかじめ分かると面白味がありませんからね」

幾松が言った。

「そのとおりです。いろいろと思案しておりますので」

目出鯛三が言った。

「使う食材は決められているのでしょうか」

気を取り直すように、千吉が問うた。

「普通に旬のものを仕入れてください。そこから選んで料理をしていただきます」

目出鯛三が軽く身ぶりをまじえた。

「土俵は同じというわけですね」

と、幾松。

「そのとおりです。それから、判じ役は……」

若竹椀を呑み干してから、世話役は続けた。

「わたくし以外の三人ということにします。それなら、どちらかに軍配《ぐんばい》が上がりますから」

目出鯛三が相撲《すもう》の行司《ぎょうじ》のようなしぐさをした。

「その三人はどなたでしょう」

千吉が身を乗り出した。

「それもまた、当日のお楽しみということに」

世話役が笑みを浮かべた。

「承知しました。では、気張ってやりますので」

まだ厨仕事が残っている幾松がすっと腰を上げた。

「は、はい、どうかよろしゅうに」

千吉が頭を下げた。

「楽しみにしていますよ」

目出鯛三が白い歯を見せた。

第五章　海山の幸

一

「おれらが判じ役だったら、間違いなく勝ちだがな」

岩本町の湯屋のあるじが言った。

「そうそう、三代目が白だったら、さっと二本挙がるぜ」

野菜の棒手振りが身ぶりをまじえる。

翌日ののどか屋の二幕目だ。

「それで勝っても仕方がないので」

千吉は苦笑いを浮かべた。

「まあ、負けてもともとだからね」

元締めの信兵衛が言った。

「力を出せれば、それで充分でしょう」

老猫のゆきをなでながら、おちよが言った。

「なにぶんお題が分からないもので、ゆうべはあれこれ考えてちっとも寝られなくて」

千吉が愚痴《ぐち》をこぼした。

「どんなお題を出されても、どんと来いでやらなきゃ」

寅次がおのれの胸を一つたたいた。

「大根なら大根で、つくってみりゃいいじゃねえか」

富八が水を向ける。

「そういう素材のお題とはかぎらないので」

おひなにお手玉を見せていたおようが言った。

兄の万吉ばかりか、猫たちも寄ってきて、紅白の市松模様のお手玉の動きをふしぎそうに見ている。

「難しいお題が出るかもしれないね」

元締めがそう言って、湯呑みの茶を啜った。

「そうそう、たとえば……」

寅次が首をひねった。

「たとえば？」

富八が問う。

「岩本町の湯屋とかよ」

「そんなお題を出してどうするんでさ」

御神酒徳利が掛け合う。

「それだったら、湯豆腐とか」

千吉はまじめに答えた。

「ああ、なるほど」

寅次がうなずく。

「おでんでもいけるぜ」

富八が言った。

「湯屋にはいろんな人が来るから、具だくさんのけんちんうどんとか」

千吉が額に指をやった。

「それもうまそうだ」

湯屋のあるじが笑みを浮かべた。

「そうやってあれこれ思案していたら、引き出しが増えていくんじゃないかねえ」

信兵衛がそうまとめた。

二

旅籠の泊まり部屋はおおむね埋まった。

今日は隠居の季川が按摩の療治を受けてから泊まる日だ。よって、一階の部屋はまず埋まる。

のどか屋を定宿《じょうやど》としてくれている客も来た。越中富山《えっちゅうとやま》の薬売りだ。

掟と言うと大げさだが、薬売りにはもろもろの決めごとがある。江戸に泊まるときは定宿を決め、みだりに動かさないこともその一つだ。

「そうかい、腕くらべに出るっちゃ」

かしら格の孫助《まごすけ》が言った。

「江戸で二人だけなんだから、大したもんだっちゃ」

その弟子の幸太郎《こうたろう》が感心の面持ちで言う。

「いやいや、たまたま白羽の矢が立っただけで」

千吉があわてて言った。

「むかし、うちの人が腕くらべに出させていただいた縁で」

おちよが説明した。

もう一人、吉蔵《きちぞう》という初顔の若い薬売りがいた。家でも猫を飼っているらしく、さっそく小太郎とふくとろくとたびに話しかけだした。

「江戸は猫だらけだっちゃ」

笑顔で言う。

「江戸のどこもかしこも猫だらけっていうわけじゃないんで」

おちよがおかしそうに言った。

「おめえは気に入ると思ったっちゃ」

孫助が笑みを浮かべた。

薬売りたちは物見遊山《ものみゆさん》に来たわけではない。荷を下ろして茶を呑むと、さっそくあきないに出ていった。

「またあとでな」

吉蔵がいちばん若いたびに言った。

「みゃあーん」

猫がいい声でなく。

「行ってらっしゃいって」

千吉が笑っていった。

「どうぞお気をつけて」

おちよも笑顔で送り出した。

若おかみのおようは二人の子の世話で奥にいる。早いもので、おひなが生まれて来月でそろそろ一年が経とうとしている。このところは上手につかまり立ちをするようになった。もういまにも歩きだしそうだ。

「なら、行ってくるっちゃ」

孫助が小気味よく右手を挙げた。

三

「腕くらべの前の晩はどうするんだい」

隠居の季川がたずねた。

「芝のほうにも旅籠付きの料理屋があるので、舌だめしを兼ねて泊まろうかと」

千吉が答えた。

翌日の朝餉だ。越中富山の薬売りたちも豆腐飯の膳に舌鼓《したつづみ》を打っている。

「朝早くに起きて芝神明に向かったら、それだけで疲れてしまいますからね」

おちよが言った。

「そうだね。前の晩はゆっくりして、寝ておくことが肝要《かんよう》だよ」

隠居が温顔で言った。

「もう考えても仕方がないので」

と、千吉。

「春の山とか、春の海とか、そういうお題だったら、素材を選んでつくれると思うので」

おちよが笑みを浮かべた。

「まあ、いい学びになりますので」

厨で手を動かしながら、時吉が言った。

「うまいっちゃ」

初めて豆腐飯を食した薬売りの吉蔵が感激の面持ちで言った。

「薬味も添えると、またおいしくなるので」

千吉が勧める。

「一膳で三度の楽しみだからね」

隠居がそう言って、匙をまた口に運んだ。

「これを食うために普請場を選んでるようなもんだからよ」

「おれらの力の源《みなもと》だ」

「いつもの味がいちばんだ」

そろいの半纏姿の大工衆が言った。

泊まり客に加えて、朝餉だけを食しに来る客もいるから、のどか屋は朝から大忙しだ。

「あっ、味が変わったっちゃ」

吉蔵が声をあげた。

炒り胡麻に刻み葱にもみ海苔。それに、おろし山葵。

薬味を加えると三度目の味を楽しむことができる。

「江戸へ来る楽しみが増えただろう？」

年かさの幸太郎が訊いた。

「へいっ」

若者が元気よく答える。

「頼もしいっちゃ」

かしらの孫助が笑顔で言った。

四

あっという間に腕くらべの晦日が近づいた。

もうあさってだ。

その日の中食で話題が出た。

「今日は親子がかりですが、あさってはわたしだけでやります」

山菜の天麩羅を揚げながら、時吉が言った。

「明日は宿まで行かなきゃならないので、二幕目は早じまいに」

千吉は深川飯だ。

浅蜊《あさり》がたっぷりで、玉子でとじた深川飯に、山菜の天麩羅の盛り合わせと豆腐汁と香の物がつく。見ただけで顔がほころぶ海山の幸膳だ。

「どこへ泊まるのだ？」

常連の剣術指南の武家が問うた。

「同じ芝神明に旅籠付きの小料理屋があるんです。そこへ泊まれればと」

千吉は答えた。

「芝神明の旬屋でやるんだろう？　腕くらべは」

「向こうのほうに分《ぶ》があるな」

「使い勝手がいいだろうからよ」

なじみの職人衆が口々に言った。

「厨の検分はしてあるし、包丁も命のたれも持っていくので」

千吉は肚をくくった顔つきで言った。

「勝ち負けは二の次なので」

時吉がそう言って、筍の天麩羅の油をしゃっと切った。

蕨にたらの芽、独活《うど》の芽に蕗《ふき》の薹《とう》、それに、こしあぶら。

どれもさくっと揚がっている。

「剣術と同じだな。強い敵と手合わせをするときは、邪念《じゃねん》を払い、おのれを無にして臨むことだ」

武家がそう言って、深川丼をわしっとほおばった。

「肝に銘《めい》じます」

千吉の表情が引き締まった。

「楽しむくらいの気で」

勘定場からおようが言った。

「ああ、そうするよ」

千吉が白い歯を見せた。

「あと三人か四人か」

時吉が切迫した声を発した。

「あと、お三人か四人」

それを聞いて、手伝いのおけいが精一杯の声を出す。

さっそくおちよが動いた。

「中食の海山の幸膳、まもなく売り切れです。お早くお願いしまーす」

外に出て声をかける。

「おっ、間に合いそうだぜ」

「急げ」

常連たちが足を速めた。

のどか屋自慢の海山の幸膳は、まもなくすべて売り切れた。

五

「むかしのことを思い出すな」

時吉がぽつりと言った。

「そうね。あっという間ね」

おちよがやや眠そうな声を出した。

すでに夜は更けている。

のどか屋の夫婦は床に入っていたが、どちらともなく目を覚ました。

「加勢についていくわけにはいかないからな」

時吉が言った。

「それは、あの子のためにならないから」

と、おちよ。

「力を出してくれればそれでいい」

半ばはおのれに言い聞かせるように、時吉は言った。

「判じ役に名の通った方が来そうだから、あんまり恥ずかしいものを出したりしなければいいんだけど」

おちよが案じた。

「難しいお題が出たときに、相談する者がいないからな」

時吉が言う。

「そうそう。それでわけが分からなくなってしまったらどうしようかと」

案じるときりがなかった。

布団には老猫のゆきが乗っていた。このところ、いつもこうして眠っている。ときおり背中や首筋をなでてやると、ゆきは気持ちよさそうにのどを鳴らす。

「まあ、なるようになるだろう」

時吉はあくびをした。

「そうね。これでまたひと回り大きくなってくれれば」

おちよが言った。

「そうだな。……寝るぞ」

時吉は横を向いた。

「ええ。おやすみなさい」

おちよはそう答えて、一つ息をついた。

六

腕くらべの前日になった。

中食はまたしても海山の幸の競演になった。

山の幸は筍の木の芽丼だ。

米ぬかと鷹《たか》の爪を用いてていねいにあく抜きをした筍を、四半刻ほどつけだれにつけて味をなじませる。

酒が四、味醂が三、濃口醤油が二の割りのつけだれだ。

なじんだところで串を打ち、二度、三度とつけだれをからめながらこんがりと焼きあげる。

焼きあがったら、包丁でたたいて香りを出した木の芽を振る。これだけでも酒の肴にいいが、丼に載せるとまたこたえられない。飯にたれをいくらかかけてから筍を載せるのが勘どころだ。

これに蛤吸《はます》いがつく。

ぷりぷりの大ぶりの蛤に客の評判は上々だった。青蕗《あおふき》と厚揚げの煮物の小鉢と香の物もついたにぎやかな膳は好評のうちに売り切れた。

二幕目になった。

今日は早じまいをして芝神明に向かわねばならないから、千吉はいくらかそわそわしていた。

そこへ、ふらりと常連が入ってきた。

「あっ、平ちゃん」

千吉の顔がぱっと晴れた。

姿を現わしたのは、仲のいい万年平之助同心だった。

「いよいよ明日だな」

万年同心が笑みを浮かべた。

「さっきから落ち着かないんですよ」

おちよがややあいまいな顔つきで言った。

「そりゃ無理もねえが、肩の力を抜いていけ」

万年同心は肩を軽く回してみせた。

「もうこうなったら、やるしかないので」

千吉も肩を回す。

「包丁は入念に研《と》いでたし、あとはゆっくり寝るだけね」

およウが言った。

おひながつかまり立ちをしている。兄の万吉と猫の小太郎が心配そうに見守っていた。

「宿を早めに決めて休まなきゃね」

と、千吉。

「なら、気をつけて行きな」

万年同心が言った。

「うん。平ちゃんが判じ役ならよかったんだけど」

千吉が戯《ざ》れ言《ごと》まじりに言った。

「おれが判じ役だったら、厳しく駄目を出しちまうぜ」

万年同心はそう言って渋く笑った。

七

芝神明へは遠方からも参拝客が来る。それを当てこんだ旅籠もいくつかあった。

「あっ、ここだな」

千吉は指さした。

置き看板には「三笠屋《みかさや》」と記されている。

のどか屋を草分けとして、江戸のほうぼうにできるようになった旅籠付きの小料理屋の一つだ。

さっそく入り、泊まり部屋があるかどうかたずねてみると、幸いにも空いていた。

千吉は胸をなでおろした。

「そろそろ火を落としますが、何か召し上がりますか」

片滝縞の着物姿のおかみがたずねた。

「何ができます？」

千吉はたずねた。

「鯛茶《たいちゃ》ができます。あとは干物をあぶるくらいで」

厨からあるじの声が響いてきた。

「なら、あぶった干物と熱燗《あつかん》を一本。それから鯛茶をお願いします」

千吉はそう所望した。

茶漬けだけだと腹が減りそうだが、町に出れば屋台の蕎麦《そば》くらいはすぐ見つかるだろう。

見世には先客が二人いた。顔が似ているから兄弟だろう。

「お参りですかい？」

兄とおぼしいほうがたずねた。

「ええ、まあ」

千吉はあいまいな返事をした。

「おれらは行徳から来たんでさ」

「明日は有名な旬屋で食って帰ろうかと思ったら、貸し切りで休みだって貼り紙が出てて」

「せっかく来たのに間《ま》の悪い話で」

先客が嘆いた。

「さようですか。それは残念なことで」

千吉は答えた。

おのれが出る腕くらべの舞台になるからだとは、むろん言い出しかねた。

酒と肴が来た。

箸を動かしているうち、千吉はそれと分からぬくらいに首をひねった。

干物の焼き加減がいささか甘かった。腕が上がると、舌が肥えてくるから人の料理の粗《あら》も目立つ。

「お待たせいたしました。鯛茶でございます」

おかみが盆を運んできた。

こちらも切り身の下味のつけ方が物足りなかった。のどか屋で出したら、客から文句を言われかねない。

出されたものを残すことはないので平らげたが、いかにも不満な味だった。

ただし、ほっとする思いもあった。

のどか屋よりはるかにうまい肴を出されたらどうしよう。そんなかそけき不安が拭い去られたからだ。

箸を置いて礼を述べると、千吉は泊まり部屋に引き上げていった。

八

しばらく経って三笠屋を出た千吉は、風鈴《ふうりん》蕎麦を食べて戻った。蕎麦はいま一つだったが、つゆはなかなかだった。

明日に備えて早く休むことにした。さりながら、やはり腕くらべが気になって眠れない。夜鳥の鳴き声を聞きながら、千吉は輾転反側《てんてんはんそく》していた。

どれほど経ったことだろう、千吉はようやく眠りに落ちた。

そして、夢を見た。

腕くらべの夢だ。

気になっていたお題は、いささか拍子抜けがするものだった。

あぶった干物と鯛茶。

これだけだ。

いぶかしみながらも、千吉は手を動かした。

料理ができた。

判じ役のもとへ運ぶ。

「あっ、平ちゃん」

千吉は声をあげた。

判じ役は万年平之助同心だった。

「おう、舌だめしだ」

万年同心が箸を取った。

固唾を呑んで見守っていたが、判じ役の表情は芳しくなかった。

ほかに判じ役はいない。万年同心だけだ。世話人の目出鯛三もいない。

「干物の焼き加減が甘えな」

判じ役が言った。

「相済みません」

千吉は夢の中で頭を下げた。

「鯛茶も切り身の下味のつけ方が甘え。これじゃ旗は挙げられねえな」

万年同心は忌憚《きたん》なく言った。

せっかくの腕くらべだったのに、まったく力を出せなかった。

無念の思いが募った。

おのれが情けなくて、涙がこみあげてきた。

そのとき、夢の潮が干《ひ》いた。

夢か……。

千吉はほっとひと息ついた。

腕くらべはこれからだ。負けたわけではない。

千吉は瞬きをした。

遠くで鶏が鳴いた。あたりはもうだいぶ明るくなっていた。

もう少し寝ようかと思ったが、頭の芯が冴えていた。

千吉は起きることにした。

「よし」

おのれに気合を入れ、身を起こす。

いよいよ腕くらべの日が来たのだ。

第六章　腕くらべ

一

本日、かしきりです
相すみません
　　　　旬屋

そんな貼り紙が出ていた。
ふっ、と一つ千吉は息をついた。
少し早いかもしれないが、ここで待っていても仕方がない。
背には嚢《ふくろ》を負っていた。中に入っているのは命のたれを詰めた瓶《かめ》だ。その重みに身の引き締まる心地がした。

「ごめんください」

千吉は旬屋に入った。

「あっ、のどか屋さん、ご苦労さまでございます」

豊かな丸髷のおかみが一礼した。南天《なんてん》の実の簪《かんざし》もふるりと揺れる。

「お世話になります」

やや硬い顔つきで、千吉も頭を下げた。

奥から世話人と対戦相手も出てきた。目出鯛三と幾松だ。

「お待ちしておりました。判じ役が三人そろったところで、段取りの説明をして、腕くらべの開始とまいりましょう」

狂歌師が笑みを浮かべた。

「どうかよろしゅうに」

旬屋のあるじがあいさつする。

「こちらこそ、よろしゅうお願いいたします」

千吉は深々と頭を下げた。

腕くらべは一対一の勝負だから、いつもの旬屋とは違って人の気配に乏《とぼ》しかった。

張りつめた気が漂っている。

「判じ役はすでに一人見えています。お呼びしましょう」

目出鯛三が思わせぶりな笑みを浮かべた。

それもそのはず、奥から姿を現わしたのは、千吉もよく知っている人物だった。

「あっ、灯屋さん」

千吉が声をあげた。

一人目の判じ役は、灯屋の幸右衛門だった。

二

灯屋のあるじのほかに、絵師の吉市も帯同《たいどう》していた。

「わたしは判じ役ではありませんので」

絵師が笑みを浮かべた。

「もし腕くらべの会が重なれば、一冊の書物として上梓することも思案しておりますから、下絵を描いてもらいます」

幸右衛門が言った。

「少なくとも、かわら版には載せますので」

目出鯛三が請け合った。

ほどなく、二人目の判じ役が旬屋ののれんをくぐってきた。

その顔を見て、千吉は目をまるくした。

これまたよく知った顔だったからだ。

「大役を仰《おお》せつかって参りました」

そう言ったのは、薬研堀《やげんぼり》の銘茶問屋井筒屋《いづつや》のあるじの善兵衛《ぜんべえ》だった。

「ようこそお越しくださいました」

幾松が腰を低くして言った。

「のどか屋さんと旬屋さん、両方の常連ということで白羽の矢が立ちましてね」

井筒屋善兵衛が答えた。

「なるほど、さようでしたか」

千吉が言った。

井筒屋が養父だった双子の姉妹、江美《えみ》と戸美《とみ》はのどか屋を手伝っていたから、よく知った間柄だ。江美と戸美は火消しの兄弟と縁をつむぎ、どちらも幸せに暮らしている。

「あとお一人がそろったら、望洋《ぼうよう》の間で段取りの説明を」

世話役が言った。

「望洋の間ですか」

と、千吉。

「うちの自慢の間で」

幾松が白い歯を見せた。

「芝の海がきれいに見えるんですよ」

目出鯛三が言った。

「先にお待ちになっていてはいかがでしょう。御酒《ごしゅ》もお持ちしますので」

おかみが水を向けた。

「肴はごく簡素なものにさせていただきますが」

旬屋のあるじが言った。

「肴は点のほかですからね」

灯屋のあるじが笑みを浮かべた。

「では、ご案内いたします」

おかみが身ぶりをまじえた。

「まいりましょう」

目出鯛三を先頭に、一同が続いた。

三

「あっ、あれが海ですね」

千吉が指さした。

「さようです。二階まで上がれば、海を望むことができます」

おかみが笑顔で答えた。

「さすがに、すぐそこが海というわけにはまいりませんが」

目出鯛三が言った。

「それだと高波が恐ろしくて落ち着きません」

井筒屋のあるじが言った。

「これはさっそく絵の下描きを」

絵師が支度を始めた。

「そうだと思ったよ」

灯屋のあるじが笑った。

「ただいま御酒とお通しをお持ちいたします」

おかみがそう言って下がっていった。

千吉は瞬きをした。

いくらか遠くに見える芝の海は青かった。今日はいい日和《ひより》だ。

「ときどき船も通ります」

幾松が言った。

「うちの二階からは往来しか見えないので」

と、千吉。

「海をながめながらの呑み食いはまた格別ですからな」

目出鯛三が言った。

「今日はのちほどごゆっくり」

幾松が余裕の表情で言った。

酒が来た。

肴は香の物の盛り合わせだった。腕くらべの点に入らないから、いたって控えめなものだ。

「これくらいがちょうどよろしいでしょう」

井筒屋のあるじが言った。

上座《かみざ》を占めているところを見ると、遅れて来るもう一人の判じ役はもっと若いのだろう。

千吉はそう察しをつけた。

「まずは世話役さんに」

幸右衛門が目出鯛三に酒をついだ。

「今日はどうかよろしゅうに」

灯屋のあるじが返す。

絵師の吉市は早くも筆を動かしていた。まず横にさっと線を引く。そのあたりが海になるようだ。

下でおかみの声が響いた。

「あっ、見えましたね」

目出鯛三が言った。

ほどなく、急いで階段を上ってくる足音が響いた。

「相済みません。遅くなりました」

総髪の男が言った。

千吉の勘は正しかった。

三人目の判じ役は、まだ三十前とおぼしい男だった。

四

「ご紹介しましょう。戯作者《げさくしゃ》の為永春笑《ためながしゅんしょう》先生です」

やや芝居がかったしぐさで、目出鯛三が最後の判じ役を紹介した。

「先生と言われるような者ではありませんが」

若い戯作者が謙遜して言う。

「いやいや、昨年の暮れに惜しくも亡くなられた為永春水《しゅんすい》先生のお弟子さんですから」

目出鯛三が言った。

「早いもので、四十九日が終わりまして」

春笑の表情が少し翳《かげ》った。

『春色梅児誉美《しゅんしょくうめごよみ》』などの人情本で人気を博した為永春水も、天保の改革の犠牲者の一人だった。人情本の中身がみだらであるというかどでお咎《とが》めを受け、五十日間の手《て》鎖《じょう》の刑に服した。

これを苦にした春水は深酒をするようになり、体調を崩してついには亡くなってしまった。天保の改革なかりせば、まだまだ作品を世に送っていただろう。

「惜しい先生を亡くしてしまいましたが、これからは春笑さんに気張っていただかないと。その手始めに、今日は判じ役をお願いいたします」

目出鯛三がやや強引に話を進めた。

「承知しました。若輩ですが、よろしゅうお願いいたします」

春笑が頭を下げた。

「では、判じ役のお三人はここでお待ちいただきます」

目出鯛三が望洋の間を手で示した。

「持ち時はどれほどでしょう」

井筒屋のあるじがたずねた。

目出鯛三はふところからあるものを取り出した。

「ほう、これは舶来物ですね」

善兵衛が瞬きをする。

狂歌師が取り出したのは、銀色の懐中時計だった。

「あまり見せないようにしていました。お咎めを受けでもしたらたまりませんから」

目出鯛三が声を落として言った。

「それがあれば、持ち時が分かりますね」

と、千吉。

「そのとおりです。このあと、食材の検分をしていただき、調理はきっかり半刻《はんとき》（一時間）とさせていただきましょう」

目出鯛三の声が元に戻った。

「承知しました」

旬屋のあるじが言った。

千吉もうなずく。

「で、腕くらべのお題は？」

灯屋のあるじが水を向けた。

「ああ、肝心《かんじん》なことを」

目出鯛三が鬢に手をやる。

千吉は軽く胸に手をやった。

お題については、あれやこれやと思案してきた。こういうお題が出たら何をつくるか、細かいところまで思案がまとまっているものもある。もし違っていたら、苦労して思案したことが水の泡だ。

「さて、何でしょう」

春笑が問うた。

腕くらべの世話人は、少し気を持たせてから答えた。

「春霞《はるがすみ》、でお願いいたします」

五

えっ、春霞？

千吉は意表を突かれた。

今日が一月の晦日、明日から二月になる。これから春が盛りになっていくから、お題に出されることは思案していた。

さりながら、春の山や春の海ならともかく、春霞とはまったく予期していなかった。

霞には形がない。まことに茫洋《ぼうよう》としている。

いったいどんな料理をつくればいいのだろう。

階段を下りて厨へ向かいながら、千吉はかなり動揺していた。

春霞、霞……。

なんとか思案をまとめようとしても、頭の中に霞がかかってしまったような感じで、いっこうに光明《こうみょう》が見えてこなかった。

そうこうしているうちに厨に着いた。

「なるたけいい素材を仕入れたつもりです」

幾松が言った。

こちらは余裕の表情だ。

料理は手伝わないが、二人の弟子が素材の番をしていた。

鍋などの調理道具やとりどりの調味料も抜かりなくそろっている。あとは料理を待つばかりだ。

「鯛だけでも尾の張り方が違いますね」

目出鯛三が笑みを浮かべた。

「甘鯛に眼張《めばる》に細魚《さより》、どれもいいものが入っております」

旬屋のあるじが手で示した。

「蛤も大ぶりでうまそうです」

絵師の吉市が言った。

三人の判じ役は望洋の間に残っているが、絵師は厨仕事を写生するのもつとめだ。

「山や畑のものもそろっておりますので」

幾松が笑みを浮かべた。

「筍などは周到にあく抜きをしてあるんですね」

目出鯛三が言った。

「さようです。料理の時に繰りこみますと、下ごしらえだけで終わってしまいますので」

手練《てだ》れの料理人が言った。

「米も研いで水に浸けてあります。炊き込みご飯でも間に合うはずです」

旬屋のあるじが千吉のほうを見た。

「なるほど。でも、春霞というお題には……」

千吉は首をひねった。

「そこは思案のしどころですな」

幾松は笑みを浮かべた。

表情を見るかぎり、旬屋のあるじは何をつくるかもう思案がまとまっているようだ。

それにひきかえ、千吉のほうはまだ何も思いついていなかった。相変わらず、頭の中に霞がかかっていた。

このままではいけない。何もつくれない。

背中を冷たいものが伝った。

「では、そろそろまいりましょうか。わたくしが合図をさせていただきますので」

世話役が懐中時計を取り出した。

「承知いたしました」

旬屋のあるじが一礼した。

「のどか屋さんはいかがですか」

目出鯛三が千吉を見る。

「は、はい」

千吉は落ち着かない様子で答えた。

「では……始めっ」

世話役が右手を振り下ろした。

腕くらべの料理づくりが始まった。

六

幾松の動きには迷いがなかった。

まず土鍋で飯を炊く支度をする。それから鯛を手に取ると、鱗《うろこ》をきれいに引き、三枚におろしはじめた。

千吉も鯛を手に取った。

春霞というお題にふさわしいかどうかは分からないが、何かつくらなければならない。とりあえず鯛の活け造りをつくることにした。お題はあしらいなどで辻褄《つじつま》を合わせることもできる。

初めのうちは、包丁を持つ手がふるえた。

落ち着け。のどか屋のいつもの厨だと思え。

千吉はおのれにそう言い聞かせた。

しかし……。

お題の春霞からは、相変わらず何も思い浮かばなかった。

霞は白っぽいから……えーと、白いものは……。


そこで浮かんだのは豆腐だった。

豆腐飯をここで出しても仕方がない。駄目だ。

そんな調子で、すぐ振り出しに戻ってしまった。

幾松の料理は順調そうだった。

鯛の中骨を網焼きにし、水と多めの酒を入れた土鍋に投じ入れて煮る。いまはあくを取りながらだしを引いているところだ。

飯も炊いている。

この大きさの土鍋なら、鯛雑炊《ぞうすい》だろう。

そうか、と千吉は思った。

雑炊なら、春霞がかかったような景色になる。鯛はこれから旬を迎えるからもってこいだ。

ただの活け造りと雑炊。同じ鯛でも旗色が悪い。

千吉は焦《あせ》った。
必死に手を動かしながら、案を出そうとする。
半月の形に切った大根を下に敷き、活け造りの鯛の見栄えが良くなるようにする。
その腹のところに、切り身をていねいに載せていく。
五切れの次は七切れ。
並べ終わったところで、ようやく一つ思い浮かんだ。

そうか。それしかない……。

迷っているいとまはなかった。
春霞のお題で何をつくるか、千吉は肚を固めた。

七

幾松の料理の主役は、やはり鯛雑炊だった。
鯛の中骨で引いただしを、布巾でていねいに漉《こ》してやるのが勘どころだ。これでうま味だけが残る。

土鍋に鯛の切り身を入れたら、だしを加えて薄めの塩で味を調える。煮立ったところで飯を投じ入れる。ほかの具は、茹でて切った筍だ。やわらかいところを使えば、ことに上品な仕上がりになる。終いに茹でた三つ葉を散らして蓋をする。蓋を取れば、美しい春霞の景色が浮かびあがる。

幾松は蛤の潮汁《うしおじる》もつくった。

砂出しはあらかじめ終えてある。味つけは塩と酒のみだ。あとは蛤のうま味だけで食す。ほかに余計なものは要らない。

蛤は縁起物だ。

片方の身を出し、もう片方の蛤の中へ入れると、おめでたいさまになる。

もうひと品、幾松は白魚《しらうお》の筏焼《いかだや》きもつくった。

春の恵みの白魚に金串を打ち、風通しのいい場所であらかじめ陰干しにしておく。これを使っていいかと判じ役におうかがいを立てたところ、許しが出たため料理に加えることにした。

味醂と酒と醬油に、焼いた鯛の骨を加えて煮詰める。このたれをかけて白魚をあぶる。三度繰り返したら、木の芽を振る。

もう一つ、お題に添った白っぽい筏焼きもつくった。

玉子の白身を白魚に塗り、黒胡麻を振って利休《りきゅう》焼きにする。千利休《せんのりきゅう》が料理によく胡麻を用いたところからその名がついた。

二種の筏焼きを互い違いに並べると、利休焼きの筏の白さがことに際立つ。

靉靆《あいたい》たる春霞のなか、大川の水面《みなも》を筏が悠然《ゆうぜん》と進んでいく。

そんなさまが目に浮かぶような料理だ。

腕くらべの持ち時がだんだん少なくなってきた。

世話人が懐中時計を見る。

幾松は盛り付けに入っていた。鯛雑炊の鍋敷きや取り皿なども抜かりなく準備する。

これでよし……。

手だれの料理人がうなずいた。

旬屋のあるじの料理は、ほぼ完成した。

八

うまくなれ、うまくなれ……。

そう念じながら、千吉は手を動かしていた。
握っているのは擂《す》り粉木《こぎ》だった。
鉢の中身は白い。
千吉がつくっているのは、とろろだった。
味噌汁を足しながら延ばしていくのが勘どころだ。これで味に深みが出る。

うまくなれ、うまくなれ……。

思いをこめて、千吉は擂り粉木を動かした。
汁物はおおむねできていた。時がないので、豆腐と油揚げの味噌汁にした。いかにも曲《きょく》がないが、やむをえない。

ややあって、とろろができあがった。

あとは望洋の間にお櫃《ひつ》とともに運び、できたてを供すればいい。

「あと千数えたら終いですね」

懐中時計を見ていた目出鯛三が言った。

「はい」

千吉は短く答えると、鯛の活け造りのもとへ動いた。

これから仕上げだ。

できるかぎり包丁を動かして、春霞に見立てたあしらいを添えていくつもりだった。

まずは大根のけんだ。

古くは「剣」と書いたらしい。細いものを表す言葉で、長細く細かく切った大根を刺身に添える。

魚の生臭さを抑えたり、彩りを添えたりする脇役だ。さまざまなものが用いられるが、今日は春霞に見立てなければならない。千吉は大根と独活を用意した。

とんとんとんとんとん……。

小気味よく包丁が動く。

細切りの大根がたまってきたところで、鯛の活け造りに添えていく。白いけんを据《す》えると、鯛の身の赤さがさらに際立った。

「あと三百です」

世話人が声を発した。

「はいっ」

おのれに喝《かつ》を入れるように、千吉がいい声で答えた。

動く、動く。

さらに包丁が動く。

今度は独活だ。

同じ白いけんでも、色合いの異なるものが添えられると、春霞の光景がより鮮やかになった。

ほかに、若布《わかめ》や大葉《おおば》などの青みも据えられている。一つけんを置くたびに、景色はぐっと引き締まっていった。

絵師の吉市は厨で筆を動かしていた。千吉の包丁と競うように動く。こちらも追い込みだ。

「あと百」

目出鯛三が言った。

「こちらは終わっております」

幾松が右手を挙げた。

「もうすぐ終わります」

最後のひと気張りで、千吉は包丁を動かした。

やがて、終いの数読みが始まった。

「十、九、八……」

千吉は最後のけんを盛り付けた。

ふっ、と一つ息をつく。

「……三、二、一、腕くらべ、これにて終いです」

世話人が声を発した。

九

旬屋のあるじとおかみ、それに千吉も料理を運んだ。

望洋の間では三人の判じ役が待っていた。

「おお、来ましたね」

井筒屋の善兵衛が笑みを浮かべた。

「さすがにおなかが空《す》きました」

灯屋の幸右衛門が帯に手をやった。

「まず目で楽しめそうですね」

為永春笑が運ばれてきたものを指さした。

「いま蓋を開けますので」

幾松がそう言って、土鍋を慎重に鍋敷きに置いた。

「きれいな活け造りだ」

善兵衛が瞬きをした。

「はい。鯛の活け造りでございます」

千吉が皿を置いた。

続いて、とろろ飯と味噌汁の椀を置く。

同じように椀を据えた幾松に比べると、千吉の顔つきはややあいまいだった。

無理もない。中身はのどか屋の中食と変わりがない豆腐と油揚げの味噌汁だ。

「では、舌だめしとまいりましょう」

世話人の目出鯛三が両手を打ち合わせた。

「こりゃあ、楽しみだね」

井筒屋のあるじの顔がほころぶ。

「判じ役ではありませんが、わたくしも舌だめしの数のうちということで」

狂歌師が言った。

「わたしも少しだけ頂戴できれば」

吉市が控えめに手を挙げた。

「では、鯛雑炊をお取り分けします」

おかみが愛想よく言った。

土鍋の蓋が取られる。

ほお、とため息がもれた。

「これはたしかに春霞ですね」

灯屋のあるじが指さした。

散らされた三つ葉の青みが、鯛雑炊の白さを際立たせている。

湯気と香りが立つ。

春霞というお題にふさわしいひと品だ。

「それでは、旬屋さんの鯛雑炊からいただきましょう」

目出鯛三が言った。

「蛤の潮汁もどうぞ。箸休めに白魚の筏焼きもございますので」

幾松が如才なく言った。

「まずは旬屋さん、お次にのどか屋さんという順でまいりましょうか」

世話人が場を見回して言った。

「承知しました」

「それでまいりましょう」

判じ役から異論は出なかった。

こうして、舌だめしが始まった。

十

「見て良し、食べて良しですね」

鯛雑炊を味わった井筒屋善兵衛が満足げに言った。

「深い味です。さすがは旬屋さん」

灯屋の幸右衛門がうなった。

「亡き師の春水にも食べさせたかったです」

　春笑がしみじみと言った。

「蛤の潮汁がまた小粋《こいき》で」

　と、井筒屋。

「白魚の筏焼きも見事です」

　若き戯作者が感心の面持ちで言った。

「これは口福《こうふく》の味ですねえ」

　目出鯛三がそう言って鯛雑炊をまた胃の腑に落とした。

「五臓六腑が喜びます」

　絵師の吉市も和す。

「ありがたく存じます。つくった甲斐があります」

　幾松がていねいに頭を下げた。

　うしろに控えていた千吉が胸に手をやった。

　次はいよいよおのれの番だ。

　旬屋さんの後だから、どう考えても分が悪い。

不評だったらどうしよう。

そう思うと、心の臓の鳴りが速くなった。

「大変結構でした」

「おいしゅうございましたよ」

「判じ役に来てよかったです」

旬屋の料理の評判は上々だった。

「では、続いてのどか屋さんにまいりましょう」

目出鯛三が千吉を手で示した。

「はい。ただのとろろ飯に味噌汁で申し訳ないのですが」

千吉がおずおずと言った。

「活け造りもあるじゃないですか」

灯屋のあるじが大皿を手で示した。

「そうそう、大根のけんで春霞を表してるんだね」

井筒屋のあるじが笑みを浮かべる。

「こちらも舌だめしが楽しみです」

春笑が言った。

ほどなく、判じ役の箸が動きだした。

固唾を呑んで千吉が見守る。

「鯛雑炊の後だけに……」

善兵衛が首をひねった。

ああ、駄目か。

やはり、物足りないだろう。

千吉はもう帰りたいような気分になった。

だが、ここで助け舟が出た。

「かえってさっぱりしていいと思いますよ」

幸右衛門が言った。

「ええ。とろろの味つけもちょうどいいです」

春笑が笑みを浮かべた。

「味噌汁を入れて味をつけています」

千吉が告げた。

「たしかに、素朴な味わいだね。つくり手の人柄が出ているよ」

井筒屋のあるじがうなずいた。

「なるほど、お人柄の味ですね」

若き戯作者がうなずいた。

「味噌汁もほっとする味です」

灯屋のあるじがそう言ってまた啜る。

「ありがたく存じます」

千吉は少し声を詰まらせた。

悪評が出なくて、心底安堵《あんど》した。

「活け造りはいくらか身が乾いているが、それは致し方ないね」

井筒屋のあるじが言う。

「上々の出来でしょう」

灯屋のあるじがとりなすように言った。

「おいしゅうございますよ」

春笑がそう言って、鯛の切り身を口中に投じた。

そんな調子で、舌だめしはひとわたり終わった。

「甲乙《こうおつ》つけがたいところですが、勝ち負けを決めねばなりませんので、判じ役のみなさんにこちらを」

目出鯛三があるものを渡していった。

紅白の旗だ。

千吉は胸に手をやった。

いったん鎮《しず》まった心の臓の鳴りがまた高まる。

「どちらが紅です？」

幸右衛門がたずねた。

「では、旬屋さんが紅、のどか屋さんが白にいたしましょう」

世話人が答えた。

「合図をいたしますので、いっせいにどちらかを挙げてください」

目出鯛三が三人の判じ役に告げた。

「承知しました」

「よし、決めた」

「こちらにしましょう」

判じ役が旗を握った。

千吉は祈る思いだった。

勝てなくてもいい。

せめて一本でも白が挙がってくれ。

のどか屋の二代目は、心の中でそう祈った。

「では、旗を挙げていただきます。一《ひ》の二《ふ》の……三《み》っ！」

旗が挙がった。

千吉の願いは空しかった。

判じ役が挙げたのは、すべて紅い旗だった。

第七章　鯛づくし

一

「そりゃ仕方ねえな」

なじみの大工衆の一人が言った。

翌日の朝餉だ。

「相撲で言やあ、取的《とりてき》が大関に挑むようなもんだからよ」

つれの大工が言う。

豆腐飯の朝餉が済めば普請場だ。

「取的は言いすぎだろ」

「のどか屋の二代目は立派な関取だぜ」

「ああ、そうかもしれねえ」

大工衆がさえずる。

「もし間違って勝ってしまったりしたら増上慢《ぞうじょうまん》に陥ったでしょうから、これでよかったと思いますよ」

時吉がそう言って、べつの泊まり客に豆腐飯をよそった。

「旗を一本でも挙げたかったですが」

千吉が苦笑いを浮かべた。

「そりゃそうだよな」

「せっかく気張ったんだからよ」

「ま、相手が強かったんだ」

大工衆が口々に言った。

「さすがの料理でした」

千吉がうなずく。

「いい学びになったと思いますよ」

おちよが言った。

「負けて覚える料理だな」

どこぞの隠居とおぼしい泊まり客が言う。

「そのとおりです。旬屋さんの鯛雑炊はいずれ出してみたいです」

手を動かしながら、千吉が言った。

その言葉を聞いて、時吉が一つうなずいた。

二

深川丼の中食が滞りなく売り切れ、中休みを経て二幕目に入った。

「おう、どうだったい？」

元締めの信兵衛が顔を出してたずねた。

「負けてしまいました」

千吉が答えた。

「気張ってくれたみたいですけど」

おようが言った。

「そうかい、力を出したのなら仕方がないね」

信兵衛は笑みを浮かべた。

「もう少しできたんじゃないかと」

千吉は首をひねった。

「これから先に活かしていけばいいよ」

元締めは温顔で言った。

ややあって、大松屋の升造がやってきた。竹馬の友の腕くらべの結果が気になったらしい。

「負けちゃったよ、升ちゃん」

千吉が告げた。

「そうかい。そりゃ悔しいね」

升造はわがことのように悔しがってくれた。

「一本でも旗を挙げたかったんだけど」

千吉が言った。

紅い旗がさっと三本挙がった刹那《せつな》のことは、まだありありと浮かぶ。ゆうべの夢に出てきたほどだ。

「おいらが千ちゃんに心の旗を挙げてやるよ」

竹馬の友が言った。

「ありがてえや」

千吉が笑みを浮かべた。

「みゃーん」

よく気張ったねとばかりに、二代目のどかが千吉に身をすりつけてきた。

「よしよし」

と、首筋をなでてやる。

「あら、この子……」

おちよが瞬きをした。

「なに、おっかさん」

千吉が問う。

「まだおなかは目立ってないけど、またお産をするわね」

おちよが二代目のどかを指さした。

「へえ、えらいね、のどか」

千吉はそう言ってまた首筋をなでてやった。

茶白の縞猫がごろごろとのどを鳴らす。

「うちはもう一匹もらったから」

大松屋の二代目が言った。

二代目のどかが前に産んだ子猫のうちの一匹は、大松屋へ里子に出した。旅籠の名にちなむまつはときどきひょこひょこ遊びに来る。

「よそを探すから」

千吉が笑みを浮かべた。

「まあ見つかるだろうけど、ゆきちゃんがだいぶ弱ってきたので心配で」

おちよが座敷のほうを手で示した。

老いた白猫が隅のほうでまるくなっている。このところは寝てばかりで、ときどきよたよたしているから案じられる。

「ずいぶん長生きだから」

おようが言う。

「子もたくさん産んでくれたしね」

千吉がしみじみと言った。

「なら、また気張ってね」

升造が右手を挙げた。

「ああ、気張るよ、升ちゃん」

千吉が白い歯を見せた。

三

その日は隠居の季川が療治を受けて泊まる日だった。

いつものように座敷で良庵の療治を受けていると、千吉の師の春田東明がのれんをくぐってきた。やはり腕くらべの首尾《しゅび》が気になったようだ。

「負けてしまいました、先生」

千吉が伝えた。

「そうですか。力は出せましたか」

総髪の学者が穏やかな表情で問うた。

「ちょっと悔いは残ります」

千吉は包み隠さず答えた。

「どんな悔いでしょう」

東明がたずねた。

「春霞というお題は思案のほかだったので、うろたえてしまって、何をつくるか思いつくまで時がかかってしまいました」

千吉は答えた。

「何をつくったんです？」

療治をしながら、按摩の良庵が問うた。

「白っぽいものをと思って、とろろ飯をつくりました。ただ、お相手が鯛雑炊だったので、舌くらべでは見劣りが」

千吉はやや残念そうに答えた。

「お相手は迷いなくつくったわけですね？」

東明が問う。

「ええ。鯛雑炊をつくっていると分かったとき、『やられた』と思いました」

千吉は答えた。

「聞いているだけでおいしそうです」

良庵の女房のおかねが言う。

「江戸でも指折りの料理屋だからね」

療治を受けている季川が言った。

「どこにも隙がなかったです」

と、千吉。

「いい学びになったと思いますよ」

おちよが言った。

「そうですね。至らなかったところを反省して、次に活かせるかどうかが肝要ですよ、千吉さん」

寺子屋の師匠の顔で、東明が言った。

「はい、先生」

千吉はいい声で答えた。

四

翌日は親子がかりの日だった。

いい鯛が入ったから、中食は鯛づくしにした。

鯛飯におかき揚げに潮汁だ。

鯛のおかき揚げは、のどか屋ならではの工夫が凝らされた料理だ。売り物にならない割れたおかきを煎餅屋《せんべいや》から安く仕入れておく。これを擂り鉢でよく擂って衣《ころも》にすれば、なんとも香ばしいおかき揚げになる。

「おいら、初めて食ったぜ」

「おかきがこう化《ば》けるとは」

「こんな化け物なら、いくら出てもいいぞ」

そろいの半纏の左官衆が箸を動かしながら言った。

「鯛は皮つきで揚げているのだな」

住まいが近い武家が言った。

「はい。皮と身のあいだにうま味が詰まっておりますので」

時吉が答えた。

「食べやすいように、皮に切り目を入れてあります」

千吉が言う。

「なるほど、手わざだな」

武家は感心の面持ちで言った。

鯛づくしの中食は飛ぶように出て売り切れ、短い中休みを経て二幕目に入った。

まずやって来たのは、岩本町の御神酒徳利だった。

「おっ、売ってたぜ」

野菜の棒手振りの富八がさっと刷り物をかざした。

「かわら版ですか？」

万吉とおひなを座敷で遊ばせていたおようがたずねた。

「腕くらべのことが書いてあったよ」

湯屋のあるじの寅次が笑みを浮かべた。

「へえ、そりゃ読まないと」

厨から手を拭きながら千吉が出てきた。

「おう、見てくんな」

富八が刷り物を渡した。

「なら、読むよ」

おようとおちよのほうをちらりと見て、千吉が言った。

「ああ、お願い」

おようが答えた。

千吉は一つ咳払いをしてから読みはじめた。

こう記されていた。

江戸で久々の料理人の腕くらべが催されたり。片や芝神明の旬屋のあるじの幾松、片や横山町の旅籠付き小料理屋のどか屋の二代目の千吉、いづれ劣らぬ腕自慢の料理人なり。


「同じ格にしていただいて、相済まないことで」

厨で手を動かしながら、時吉が言った。

「その先は？」

おちよが先をうながした。

「うん、読むよ」

千吉は続けた。


当日に出されるお題に添ふ料理を半刻のあひだにつくり、三人の判じ役が舌だめしを行ふといふ段取りなり。

このたびのお題は「春霞」。この難題に両雄が挑みたり。

旬屋の幾松がつくりしは、鯛雑炊に蛤の潮汁、それに白魚の筏焼きなり。鯛雑炊の土鍋の蓋を取れば、靉靆たる春霞の景色が浮かびあがれり。

食せばまた極楽浄土、五臓六腑にしみわたるうまさに感涙にむせぶ判じ役もをりし。

「そんな人はいなかったけど」

千吉が首をかしげた。

「筆がすべったんだろうよ」

湯屋のあるじが笑った。

「下駄《げた》を履かせるのもかわら版屋のつとめだから」

富八も白い歯を見せた。

「かわら版屋って、これは目出鯛三先生が書いたと」

と、千吉。

「先生がおのれでかわら版を売りさばいてたぜ。おいらが買ったんだから間違いねえ。おっつけ来るだろうよ」

野菜の棒手振りが伝えた。

「なら、鯛の兜焼《かぶとや》きができるので」

千吉はそう答えると、かわら版の続きを読んだ。

蛤の潮汁も白魚の筏焼きも、見て良し食べて良し、まさに至福の料理なり。

若き料理人、のどか屋の千吉も存分に力を発揮せり。大根と独活のけんにて春霞を表せし鯛の活け造り、味噌汁でのばしたとろろ汁も良き景色なり。料理に人柄が出てゐるとは、もつぱらの評なり。

甲乙つけがたき両雄の料理なれど、どちらかに旗を挙げざるをえぬのは判じ役のつらきところなり。

結果は紅旗が三本、旬屋の幾松が貫禄の勝利を収めたり。このたびは二人の勝負なれど、やがては昔日《せきじつ》のごとく、より多き料理人たちが競ふ催しとならん。善哉《よきかな》、善哉。


読み終えた千吉はほっと一つ息をついた。

「悪く書かれてなくてよかったわね」

おようが言った。

「ああ。でも、さすがに豆腐と油揚げだけの味噌汁はほめるところがなかったみたい」

千吉は苦笑いを浮かべた。

「いや、それも『料理に人柄が出てゐる』に入ってるんだよ」

富八が言った。

「何にせよ、いい引札になったじゃねえか、二代目」

寅次が笑顔で言った。

「そうですね。これからも精進しないと」

千吉の表情が引き締まった。

五

野菜の棒手振りが言ったとおり、二幕目がだいぶ進んだ頃合いに目出鯛三がのれんをくぐってきた。

それだけではない。灯屋の幸右衛門と絵師の吉市、それに、腕くらべの判じ役をつとめた為永春笑と、のどか屋にはなじみの吉岡春宵もいた。つまみかんざしの仕事で腕くらべには行けなかったが、今日は顔を見せている。たちまち座敷が埋まった。

「こちらには初めてで。楽しみにしてきました」

若き戯作者が笑みを浮かべた。

「まあ、ようこそお越しくださいました。いま御酒を運びますので」

おちよが愛想よく言った。

「鯛の昆布締めが頃合いなので、お通しにお出しします」

時吉も和す。

ほどなく、酒と肴が運ばれた。

昆布締めの昆布はだしを取ったあとのものがいい。新しい昆布は粘りがきつすぎてあまり向いていない。だしを取ってから使うと、ちょうどいい塩梅になる。

「まま、判じ役に一献」

目出鯛三が酒をついだ。

「ありがたく存じます。かわら版はさすがの筆で」

春笑が言う。

「なに、これで食ってるようなものなので」

多才な狂歌師が言った。

「それはそうと、『しゅんしょう』さんが二人だといささかまぎらわしいですね」

灯屋のあるじが手で示した。

「だいぶまぎらわしいです」

吉市がそう言ったから、座敷に笑いがわいた。

「先生の名を襲って二代目を名乗ってはどうかという話もあるんですが」

春笑が明かした。

「ああ、それはいい。二代目為永春水ですね」

幸右衛門がすぐさま言った。

「まだ荷が重いかなと思っていたのですが」

春笑が首をひねった。

「こういうのは勢いですからね。春笑さんは力があるんですから」

目出鯛三が言う。

「二代目為永春水の襲名記念の御作は、ぜひとも手前どものところから」

灯屋のあるじがあきないっ気を出した。

「さようですか……では、そうさせていただければ」

それを聞いて、春笑はにわかに乗り気になった。

「では、『しゅんしょう』はわたしだけで」

吉岡春宵が笑みを浮かべた。

「これでまぎらわしくなくなりました」

吉市も笑った。

ここで続けざまに料理が運ばれてきた。

兜焼きに引き造り、あら炊きに天麩羅。鯛づくしの料理だ。

「兜は襲名の祝いに」

目出鯛三が二代目為永春水の前に皿を置いた。

わりしたを上からかけながらこんがりと焼きあげ、木の芽を散らした逸品だ。

「いいんですか、わたしで」

若き戯作者が言った。

「書物の前払いということで」

幸右衛門が笑みを浮かべた。

「それなら、わたしも春宵さんも入りそうですが」

目出鯛三が春宵のほうを手で示した。

目出鯛三は『品川早指南』と『続料理春秋』、吉岡春宵は『両国早指南』、それぞれ灯屋の仕事を抱えている。

「いや、そろそろ実物を頂戴しないと」

灯屋のあるじがすかさず言った。

「いや、藪をつついて蛇を出してしまいましたな」

狂歌師がそう言って頭に手をやったから、のどか屋の座敷に笑いがわいた。

六

翌日の二幕目には、黒四組の面々がやってきた。

悪党退治の山を越えた打ち上げのようだ。

「かわら版を読んだぜ。よく気張ったな、二代目」

かしらの安東満三郎が言った。

「今日の中食も、かわら版を読んだというお客さんがいくたりも来てくださって」

厨で手を動かしながら、千吉が答えた。

「そりゃ重畳《ちょうじょう》だ」

あんみつ隠密が笑みを浮かべた。

「このたびの捕り物はいかがだったんです？」

おちよがたずねた。

「懲《こ》りもしねえ『おとっつぁんだまし』だよ。前にも何度かあったがな」

安東満三郎がそう言って、真っ先に出されたあんみつ煮を口に運んだ。

のどか屋とも関わりがあったおとっつぁんだましは、柏木《かしわぎ》村の造り酒屋、武蔵屋《むさしや》をだまそうとしたものだ。難を免れた武蔵屋はその後も順調で、銘酒の江戸誉《えどほまれ》の樽《たる》はのどか屋にも入っている。

「さる大店《おおだな》の跡取り息子が修業先でしくじり、穴埋めの金が要り用になったとまことしやかな文《ふみ》をよこす。文が着くのを待っていたかのように、修業先の手代を名乗る実直そうなやつが現れる」

万年同心が悪党のやり方を告げた。

「幸い、その大店のあるじが気づいたんだ。せがれの字を真似ているが、癖が違うし言葉遣いも妙だと」

黒四組のかしらが言った。

「そこで捕まえたわけですね？」

と、おちよ。

「いや、それだと下《した》っ端《ぱ》だけだ。だまされたふりをして悪者の手下に金を渡し、韋駄天に後をつけさせた」

黒四組のかしらが韋駄天侍のほうを見た。

「首尾よくねぐらをつきとめられました」

井達天之助が白い歯を見せた。

「ここまで来たら、あとは町方や火盗改方の力も借りた捕り物だ」

あんみつ隠密が言った。

「やっとわしの出番が来たので、存分に働いてやった」

日の本の用心棒こと室口源左衛門の髭面がやわらいだ。

「さすがですね」

千吉も笑顔で言った。

ほどなく、料理が次々に運ばれた。

今日も鯛の兜焼きが出た。

かしらは味醂をどばどばかけて食すだけだから、これは捕り物で働きだった室口源左衛門に供された。削ぎ造りに好評だったおかき揚げも出した。

鯛ばかりでなく、白魚も出た。

腕くらべでは旬屋のあるじが披露した筏焼きは、千吉にもつくる心得があった。それに白魚の天麩羅も出す。

「いい揚げ加減だぜ、二代目」

万年同心が言った。

「ありがとう、平ちゃん。でも、腕くらべでは思いつかなかったから」

千吉がややあいまいな表情で答えた。

「あとで相手とじっくり話はしたのかい」

安東満三郎が問うた。

「いえ、それどころじゃなかったので。いま思えば、もっと料理のことを訊いておけばよかったなと」

千吉は答えた。

「この先も、そういう機はあるだろうよ」

黒四組のかしらはそう言うと、鯛のおかき揚げを味醂にどばっと浸した。

「機があったら、勘どころを教わりゃいい。そうすりゃ、次は勝てるぜ」

万年同心が渋く笑った。

「うん、そうするよ、平ちゃん」

のどか屋の二代目が笑顔で答えた。

第八章　開運黄金丼《かいうんこがねどん》

一

次の親子がかりの日が来た。

長吉屋では若い料理人が力をつけてきた。もうある程度は任せても大丈夫だということで、親子がかりが前より増えてきた。

中食の顔は黄金《こがね》丼だった。

貼り紙にはこう記されていた。

けふの中食
開運黄金丼

おさしみ、あさり汁、小ばちつき
四十食かぎり　四十文《もん》

初めて出す名だが、料理そのものは前からあった。

「なんでえ、何かと思ったらかき揚げ丼じゃねえかよ」

植木の職人衆の一人が声をあげた。

「いや、ことに玉子を多めに使って黄色を鮮やかにしておりますので」

時吉がすかさず言った。

「それで、三十文じゃなくて四十文に」

勘定場からおようが言う。

「ま、食ってうまけりゃいいけどよ」

「食う前からうまいって分かるぜ」

「ほれぼれするような黄金色だ」

職人衆がさえずる。

小ぶりの鍋でかき揚げをつくると、美しい黄金色に仕上がる。具は金時人参と分葱《わけぎ》と三河島菜《みかわしまな》、彩りも美しい。

毎日つぎ足しながらつかっている命のたれをもとに、黄金丼のたれをつくる。まず飯にたれをかけ、かき揚げを載せてからたれをまた回しかけるのが骨法《こっぽう》だ。

これに朝どれの魚の刺身と浅蜊汁、それに切干大根と油揚げの小鉢と香の物がつく。いつもながらのにぎやかな膳だ。

「こりゃさくさくでうめえな」

「運が開けて銭がたまりそうだ」

笑顔の花がそこここで咲いた。

「たれをご所望でしたら、つぎ足しますので」

「どうぞお声をかけてくださいまし」

膳運びが一段落したおけいとおちえが言う。

「おう、ちょっとくんな」

「おいらも。たれがまたうめえんだ」

職人衆から手が挙がった。

「はいはい、ただいま」

おちえがいそいそと動いた。

そんな調子で、のどか屋の「開運黄金丼」は好評のうちに売り切れた。

開運と銘打った中食が呼び水になったのかどうか、二幕目の座敷は祝いごとの客で埋まった。

よ組の火消し衆だ。

ここいらは縄張りではないのだが、のどか屋とは古いなじみで縁をつむいでくれている。

「ちょいと遅れちまったけど、これから追いつくぜ」

弟の卯之吉《うのきち》がそう言って、兄の竜太《りゅうた》に酒をついだ。

「おう、いざ生まれてみると、夜泣きで大変だがな」

竜太が笑顔で答えた。

よ組の兄弟は、のどか屋を手伝ってくれていた双子の姉妹、江美と戸美とそれぞれ縁あって結ばれた。竜太と江美のあいだにはすでに子ができているが、いくらか遅れてこのたび戸美もややこを身ごもった。今日はその祝いだ。

「夜泣きは仕方ねえさ。我慢しな」

かしらの竹一《たけいち》が竜太に言った。

「へい」

若い火消しがうなずく。

すでに酒と肴は出ていた。

腕くらべでも出した「めで鯛」の活け造りに、天麩羅の盛り合わせ。さらに、鯛飯もお櫃で供された。にぎやかな祝いの宴《うたげ》の料理だ。

「夜泣きをしなくなったら大変だからよ」

今度は纏持ちの梅次《うめじ》が言った。

「猫のさちがなきますが」

卯之吉が言う。

のどか屋の猫縁者の一人で、二代目のどかの子を一匹もらい、幸が来るようにという願いをこめてさちと名づけた。

「ほんとに幸を運んできたんですね」

酒のお代わりを運んできたおちよが言った。

「まだまだこれからっすが」

卯之吉が胸に手をやった。

「無事生まれるまでは神信心ばかりでな」

兄の竜太が言った。

「うちも毎日、神棚に祈ってるよ」

卯之吉が手を合わせた。

ここで兜焼きが運ばれてきた。

「このところ、しょっちゅうつくってます」

千吉がそう言って、祝いの主役の卯之吉の前に皿を置いた。

「おう、みんなおめえが食いな」

竹一が手で示す。

「今日だけだからよ」

梅次が笑う。

「へい、いただきまさ」

卯之吉がさっそく箸を取った。

千吉は厨に戻ろうとした。

そのとき……。

のれんがふっと開き、思いがけない客が入ってきた。

旬屋の幾松だった。

三

「こ、これは……」

千吉は目を瞠《みは》った。

「どちらさま？」

おちよが小声で問うた。

「腕くらべのお相手だった芝神明の旬屋の幾松さんで」

千吉が答えた。

「それはそれは、おまえさん」

おちよはあわてて厨の時吉に声をかけた。

「いま行く」

時吉は手を拭きながら出てきた。

「旬屋の幾松でございます。突然、お邪魔させていただき、相済みません。これは、お口に合うかどうか分かりませんが、お納めくださいまし」

幾松は隙のないしぐさで風呂敷包みを渡した。

「ありがたく存じます。せがれが学ばせていただきまして」

時吉は折り目正しく答えた。

「腕くらべはかわら版で読みましたぜ」

かしらの竹一が座敷から言った。

「江戸一の料理人のおでましで」

纏持ちの梅次が言う。

「いえいえ、たまたま勝たせていただいただけですし、江戸にはわたしより腕のいい料理人がたくさんおられますので」

旬屋のあるじが謙遜して言った。

「まあ、とにかくおかけくださいまし」

おちよが一枚板の席を手で示した。

「さようですか。今日は見世を休みにしましたので、多少はゆっくりできます」

幾松はそう言って腰を下ろした。

「では、御酒をお持ちします」

と、おちよ。

「ぬる燗で頂戴できれば」

旬屋のあるじが初めて笑みを浮かべた。

「承知いたしました」

おちよも笑みを返した。

「肴はおまかせでよろしゅうございますか」

時吉がたずねた。

「ええ、結構でございます」

幾松が頭を下げる。

「せがれにつくらせますので、足りないところを忌憚なく言ってやってくださいまし」

時吉がそう言ったから、千吉の表情が変わった。

「承知しました」

幾松はただちに答えた。

「気張ってつくれ、二代目」

「腕くらべの続きみてえだな」

「こりゃ、いい日に来たぞ」

よ組の火消し衆が口々に言った。

「なら、気張ってつくりますので」

肚をくった顔つきで、千吉が帯をぽんと一つたたいた。

四

「白魚の筏焼きをわたしもつくってみました。どうぞお召し上がりください」

千吉が皿を下から出した。

料理の皿は下から出さねばならない。間違っても、「どうだ、食え」とばかりに上から出したりしてはいけない。それが長吉から時吉、そして時吉から千吉へと受け継がれてきた大切な教えだ。

「腕くらべでは、あらかじめ乾かしてあった白魚を使うことになり、相済みませんでした」

年下の料理人に向かって、旬屋のあるじが頭を下げた。

「いえいえ、お気になさらず」

千吉は答えた。

舌だめしになった。

いくらか離れたところから、千吉は固唾を呑んで見守っていた。

「いかがでしょう」

代わりにおちよがたずねた。

「いくらか乾かしすぎ、あぶりすぎですが、まあ良いと思います」

手だれの料理人が答えた。

「良い」とは言っているが厳しい評だ。

「学びになるな、二代目」

「しっかり聞いておきな」

火消し衆から声が飛んだ。

「はい」

千吉が殊勝にうなずく。

続いて、鯛の引き造りを出した。

「これはきれいにそろっていますね」

幾松が笑みを浮かべた。

それを聞いて、時吉もそっと胸に手をやった。

「ありがたく存じます」

千吉は頭を下げた。

ここで、おようが万吉とおひなとともに奥から出てきた。

「おとうが気張ってるぜ」

「腕くらべの相手が来てくれたんだ」

火消し衆が告げる。

「それはそれは、ようこそお越しくださいました」

若おかみの顔で、おようが一礼した。

「旬屋の幾松です。よろしゅうに」

幾松は軽く頭を下げると、千吉がついだ猪口の酒を呑み干した。

次の肴ができるまで、幾松は万吉とおひなを相手にお手玉で遊んでくれた。わらべを相手にすると、笑顔がこぼれる。

座敷には鯛飯が運ばれた。

土鍋ごと運び、千吉が目の前でほぐして取り分ける。これも料理人の腕の見せどころだ。

「お待たせいたしました。黄金揚げでございます。天つゆでどうぞ」

千吉が次の料理を運んできた。

開運黄金丼に載せた円いかき揚げだ。

幾松の目つきが鋭くなった。

「彩りにいくらか偏《かたよ》りがありますね」

と、指さす。

赤みと青みが美しく散らばっていれば目に美しく感じられるが、千吉のつくった黄金揚げにはやや偏りが見られた。

「あ、はい、相済みません」

千吉がわびる。

「では、いただきます」

幾松が箸を伸ばした。

天つゆに控えめにつけ、口に運んでさくっと嚙む。

しばらく味わう。

千吉ばかりでなく、おようも不安げに見守っていた。

「揚げ加減はちょうどいいですね」

旬屋のあるじが言った。

おようはほっと胸をなでおろした。

「ありがたく存じます。次をお持ちしますので」

千吉は笑みを浮かべた。

「まだまだ胃の腑に入るので」

幾松が笑みを返した。

五

「箸休めに、貝寄せの酢の物をお持ちしました」

ややあって、千吉が次の肴を出した。

春は貝が美味だ。風に吹かれて浜に打ち上げられた貝のさまを表す酢の物には、赤貝《あかがい》、みる貝、平貝《たいらがい》が用いられていた。

これに若布を合わせ、土佐酢《とさず》で和《あ》える。生姜汁《しょうがじる》を少し加えるのが勘どころで、これで味がぴりっと締まる。

「これもいくらか景色が」

幾松がそう言って、箸先を器用に動かして盛り付けをいじった。

若布の場所を少しずらし、貝の盛り方を変える。

ほんの少し変えただけで、見違えるほど美しくなった。

「このほうがおいしそうだろう？」

実の弟子に教えるように、幾松が口調を改めて言った。

「なるほど。学びになります」

千吉が真剣なまなざしで答えた。

「いっそのこと、修業に行ったらどうだい」

よ組のかしらが水を向けた。

「子もいるから、長々とは行けねえだろうがよ」

纏持ちも言う。

「ようございますよ」

幾松は快く言うと、貝寄せの酢の物を口に運んだ。

「せがれが旬屋さんで修業を？」

時吉が問う。

「長々とはご無理でしょうが、たとえ三日のあいだくらいでも、勘どころをお伝えすることはできますので」

旬屋のあるじが答えた。

「三日でしたら、長吉屋は弟子に託して、わたしがのどか屋に詰めることもできます」

時吉が答えた。

「どうだい、いまの話」

千吉がおようにたずねた。

「ええ、どうぞ行ってらっしゃい」

おようはすぐさま答えた。

「なら、旬屋さんで修業してらっしゃい」

おちよが笑みを浮かべた。

「はい」

千吉がうなずく。

「芝の海へ案内するよ。懇意にしている漁師さんがいる」

幾松が言った。

「ああ、それはぜひ。学びになりますから」

時吉が笑みを浮かべた。

「のどか屋の料理がいちだんとうまくなるな」

「そりゃ楽しみだ」

火消し衆が言う。

「おとうは修業に出るんだって」

おようが万吉に言った。

「しっかり学んで、三日で帰ってくるから」

千吉がせがれに言った。

「うん、気張って」

四つのわらべがそう言ったから、のどか屋に和気が漂った。

六

段取りはただちに決まった。

長吉屋のほうの引き継ぎもあるから、修業は三日後からだ。

千吉は芝神明の旅籠に泊まり、朝早くから明日の仕込みまで旬屋でみっちりと修業をする。そして、三日目の夕方に戻る。

「どうかよろしゅうに。いま締めの鯛茶をお持ちしますので」

千吉が言った。

「ああ、こちらこそよしなに」

幾松が答えた。

「鯛茶なら、こっちもくんな」

「おいらも」

「そりゃ食わなきゃな」

よ組の火消し衆が次々に手を挙げた。

ややあって、鯛茶が運ばれてきた。

そぎ切りにした鯛の身を胡麻醬油にからめて味をしみさせる。半擂りにした白胡麻に醬油と煮切り酒と味醂を合わせた風味豊かな胡麻醬油だ。

ほかほかの飯を茶碗に盛り、鯛を載せ、切り海苔とおろし山葵を添える。これに熱い煎茶を注げば締めにもってこいの鯛茶の出来上がりだ。

「こりゃうめえや」

「胡麻の風味もたまらねえ」

「鯛の身もこりこりでよう」

火消し衆の評判は上々だった。

しかし……。

幾松は「もうひと声」という顔つきをしていた。

「何か足りないでしょうか」

千吉がたずねた。

「いや、これはこれでいい」

幾松は少し間を置いてから続けた。

「ただし、煎茶ではなく緑茶を使えば、より上品で深い味わいになる」

「なるほど」

千吉がうなずく。

「おれらみたいな客なら、煎茶で充分でさ」

かしらの竹一が言った。

「番茶でも上等で」

纏持ちの梅次も言う。

それを聞いて、旬屋のあるじが少し苦笑いを浮かべた。

「何にせよ、学べるだけ学んでくることだな」

時吉が言った。

「はい、師匠」

千吉は引き締まった表情で答えた。

七

「そうか。明日から修業か」

なじみの武家が言った。

「はい。今日から芝神明の素泊まりの宿に泊まって、明日から旬屋さんで修業を」

千吉が答えた。

「気張ってやってこい」

武家は笑みを浮かべると、中食の箸を動かした。

先日、好評だった開運黄金丼の膳だ。

ただし、今日は親子がかりではないから、手が遅れないようにほかは刺身の盛り合わせではなく、煮物と豆腐汁にした。

金時人参と厚揚げの煮物だ。ともに味がしみていてうまい。

海のものがないのはいささか物足りないから、かき揚げに浅蜊を加えた。これもいたって好評だった。

「これだけのものをつくれるのに、さらに修業かよ」

「偉《えれ》え心がけだぜ」

「おれらも見習わなきゃな」

なじみの左官衆が言った。

「いくつになっても修業だからな」

左官の親方がにらみを利かすように言った。

「へい」

「承知で」

短く答えると、左官衆はまた箸を動かしだした。

中食を終えると、千吉は支度を始めた。

「今日は旬屋さんには？」

おちよがたずねた。

「あいさつはしてくるよ。明日の段取りもあるので」

千吉は答えた。

二幕目に客が来たら、おちよが干物をあぶったり煮物をあたためたりする手筈《てはず》になっている。父の長吉からは味つけが大ざっぱだと言われるが、おちよも料理人の娘だからそれなりに心得はある。

「なら、気張ってね」

おようが言った。

「ああ、気張ってくるよ」

千吉は笑顔で答えた。

「おとうは修業だから。気張ってって」

おひなを抱っこしたおようが言う。

「うま、うま」

まだはっきりした言葉にはならないが、だいぶ口が動くようになってきた娘が言った。

「そう、『うま、うま』が上手になるように修業に行くの」

母が言う。

「気張って、おとう」

万吉が言った。

「みゃあ」

お産を控えている二代目のどかも声を発した。

「ああ、気張ってくるよ」

千吉は笑顔で答えた。

ややあって、支度が調った。

みなに見送られて、千吉はのどか屋を出た。

第九章　料理修業

一

旬屋ののれんの前で、千吉はふっと一つ息をついた。

「よしっ」

おのれに気合を入れ、帯を一つたたく。

「ごめんくださいまし」

千吉は修業先ののれんをくぐった。

「いらっしゃいまし。……あっ、のどか屋さん」

出迎えたおかみが声をあげた。

「お世話になります。明日から修業させていただく、のどか屋の千吉です。どうかよろしゅうに」

　千吉は深々と頭を下げた。

「お待ちしておりました。どうぞ厨へ」

　おかみが身ぶりをまじえた。

「はい」

　千吉は緊張しながら厨に入った。

　あるじの幾松ばかりでなく、若い料理人もいくたりかいて、それぞれに忙しそうに手を動かしている。

「おう、よく来た」

　旬屋のあるじが言った。

「明日からお世話になります」

　千吉は一礼した。

「泊まりはどこだ」

　幾松がたずねた。

「これから素泊まりの宿を探しますので」

　嚢を背負った千吉が答えた。

中に包丁が入っている。気を入れてよく研いできた。

「なら、若い弟子らと雑魚寝《ざこね》になるが、裏手の部屋に泊まれ」

幾松は身ぶりをまじえた。

「いいんですか？」

千吉は驚いたように問うた。

これから旅籠を探すつもりだったから、泊めてもらえるのなら手間がかからない。

「ああ、いいぞ。その代わり、明日の朝は早起きして浜だ」

幾松はにやりと笑った。

「はい、それはもう、ぜひ」

千吉も笑みを返した。

「ほかに行きたいやつはいるか？　あんまり大勢は漁師に迷惑をかけちまうが」

旬屋のあるじが弟子たちを見回した。

「おいら、行きます」

背の高い弟子が真っ先に手を挙げた。

千吉と同じくらいの年恰好だ。

「よし、おめえも来い、治三郎《じさぶろう》」

幾松が言った。

こうして、段取りが決まった。

二

翌朝——。

千吉はまだ暗いうちから芝の浜へ向かった。

旬屋の幾松と、弟子の治三郎も一緒だ。

同じ部屋になった治三郎は物おじしないたちで、千吉とも話が弾《はず》んだ。船橋《ふなばし》の料理屋の跡取り息子で、もうひとかどの腕らしい。

「漁師次第だが、許しが出たら鰈《かれい》の流し突きの舟に乗せてやる」

幾松が言った。

「流し突きですか」

千吉が問うた。

「そうだ。こうやって銛《もり》で鰈を突いてやる」

幾松は身ぶりをまじえた。

「魚を見定めて、狙いを定めて突くんですね」

千吉が言った。

「いや、そりゃ見突きだ。芝じゃやらねえと思う」

旬屋のあるじが答えた。

「どんどん突いてたら、獲れるんだよ」

治三郎が笑みを浮かべた。

どうやら前にもやったことがあるらしい。

「へえ、そうなんだ」

千吉は意外そうな顔つきになった。

「夜明けがたはまだ海が暗い。見突きじゃ悠長だからな」

と、幾松。

「腕のいい漁師なら、見なくても勘で獲れるそうだよ」

治三郎が教えた。

「へえ、そりゃ凄《すげ》えや」

千吉は感心の面持ちになった。

そうこうしているうちに、浜に着いた。

ちょうど舟を出すところだった。横に長く、十数人乗ることができる。

「弟子を二人、乗せてやれますかい」

幾松が漁師のかしらに声をかけた。

「二人かい」

褌《ふんどし》一丁のかしらが答えた。

筋骨隆々たる海の男だ。

「へい、修業の一環《いっかん》にと」

幾松は答えた。

「まあいいだろう。気張って突け」

漁師のかしらが言った。

「へいっ」

治三郎がいい声を発した。

「お願いします」

千吉も小気味よく頭を下げた。

三

鰈にはさまざまな漁法がある。

底引き網もあるが、大がかりになる。逆に、釣りはいささかまだるっこしい。

そこで、突き漁だ。

葛西《かさい》のほうでは古くから行われてきた漁法で、魚影《ぎょえい》を見定めて突く見突きと、銛を両手でたえず突き刺して獲る流し突きに大別される。

「海底《うなぞこ》までぐさっと刺せ。鰈が獲れたら手ごたえで分かる」

漁師のかしらが言った。

「へいっ」

「やってみます」

治三郎と千吉が答えた。

「掛け声に合わせて銛を動かせ」

古参の漁師が言った。

「行くぜ。一《ひ》の二《ふ》の……三《み》っ！」

漁師の腕がいっせいに動く。見よう見まねで、千吉も動かした。

「獲れたら桶《おけ》へ入れな」

かしらが言った。

「へいっ」

治三郎がすぐさま答えた。

「気張って獲れ」

浜から幾松が大声で言う。

「よしっ」

千吉は気合を入れ直した。

初めのうちは当たりがなかったが、そのうち手ごたえがあった。

「獲れた」

千吉は声をあげた。

「獲れるのは当たり前だ。早く桶に入れて、次のを突け」

かしらが叱咤《しった》する。

「はいっ」

千吉はあわてて手を動かした。

「一の二の、三っ！」

「一の二の、三っ！」

漁師たちの威勢のいい声が響く。

だんだん日が差してきた。

朝の恵みの光に照らされながら、鰈の流し突き漁はなおひとしきり続いた。

四

漁を終えたら、浜で打ち上げになった。

「小ぶりの鰈は塩焼きがうめえからな」

打ち上げから加わった幾松が言った。

「でけえのは刺身がいいけどよ」

漁師のかしらが言った。

「塩は持ってきたんで」

旬屋のあるじはそう言うと、見事な手つきで塩を振りはじめた。

「手つきを見るだけでうまそうだな」

「どこの塩だい」

漁師が問うた。

「播州赤穂の塩で」

幾松が答えた。

「うちでも使ってます」

のどか屋の二代目が言った。

「おう、そりゃいいな。味が違うからな」

旬屋のあるじが笑みを浮かべた。

塩焼きは次々にできあがった。

茶碗酒を呑みながら、漁師たちが食す。

「うめえ」

「いつもの塩焼きとひと味違うぜ」

「さすがは料理人の腕だ」

漁師たちが口々に言った。

「いや、塩がいいつとめをしてくれてるだけで」

幾松が言った。

「塩が味の道をつけてくれるから、料理人はその普請の手助けをするだけだっていうのが師匠の教えで」

治三郎がそう言って、塩焼きを胃の腑に落とした。

「なるほど、深いね」

千吉がうなずく。

「帰ったら、厨でそのあたりをみっちり教えてやろう」

幾松が言った。

「はい、お願いします」

千吉はいい声で答えた。

五

旬屋は芝神明の繁盛店だ。

宴の約が入り、部屋はおおむね埋まる。厨では料理の仕込みに余念がなかった。

「鰈はちょいと旬が過ぎたが、せっかくだからみぞれ煮にしよう」

幾松が言った。

「へい」

「承知で」

弟子たちがうなずく。

そのなかに千吉の顔もあった。朝が早かったが、気が入っているから眠気はない。

「まず塩で味の道をつけてやる。ここからていねいにやれ」

幾松は手本を示した。

鰈の切り身の両面に塩を振る。ほれぼれするような手つきだ。

むろん、千吉にも心得はあるが、手だれの料理人から気をもらうべく、じっとその動きを見守っていた。

「旬の魚も使う。桜鯛だ」

幾松が生《い》け簀《す》のほうを手で示した。

「いまがうまいですよね」

千吉は笑みを浮かべた。

「そうだ。鯛飯や刺身ばかりじゃない、さっぱり煮などもつくる。これもまず塩で味の道をつけてからだ」

旬屋のあるじが言った。

「やっていいでしょうか」

千吉が進んで手を挙げた。

今日を含めて、修業期間は三日しかない。どんどん学ばねばならない。

「おう、いいぞ」

幾松は笑みを浮かべた。

「ありがたく存じます」

千吉は一礼してから手を動かした。

「うめえぞ」

塩を振り終わったところで、治三郎が声をかけた。

「それでいい」

師匠からもお墨付きが出た。

「はいっ」

千吉はいい表情で答えた。

六

客が入ると、旬屋の厨に活気が出た。

「おう、みぞれ煮、仕上げてくれ」

幾松が言った。

両面に塩を振って四半刻ほどおいた鰈の身を湯に通し、冷たい井戸水に取って汚れを取り除き、水気を拭く。ここまでの下ごしらえが大事なところだ。

みぞれ煮は大根おろしを合わせる。すりおろしてさほど間を置かない大根おろしを使うのが骨法だ。笊に入れて、さっと水を通してしゃきっとさせてから水気を絞る。ここでもひと手間をかける。

鍋にだし昆布を敷き、切り身を並べて煮汁を張る。大根おろしを加えてちょうどよくなるくらいの、やや濃いめの煮汁にする。

煮立ってきたらあくを取り、落とし蓋をしてほどよく煮る。これでいい塩梅に味がしみる。

ここに大根おろしとざく切りにした三つ葉を加える。深めの皿に煮汁ごと盛り、長葱と柚子の皮を添えれば出来上がりだ。

「高尾の間へお出ししろ、千吉」

仕上がりを見てから、幾松が言った。

「承知しました」

千吉はできたての料理を運んだ。

「おう、来た来た」

「これはうまそうだね」

高尾の間の二人の客が言った。

「鰈のみぞれ煮でございます」

千吉は皿を下から出した。

「見かけない顔だね。新入りさんかい？」

常連とおぼしい温顔の男が訊いた。

「いや、三日だけですが、縁あって修業させていただいています。横山町の旅籠付き小料理屋の二代目で」

千吉はそう答えた。

「ああ、かわら版を読んだよ。ここのあるじと腕くらべで競ったんだよね」

もう一人の隠居然とした男が言った。

「さようです。幾松さんのほうがはるかに腕が上なので、学びに来ました」

千吉は笑みを浮かべた。

「いい心がけだ。それならお見世も繁盛するだろう」

「さっそく食べさせてもらうよ」

二人の客が言った。

「ありがたく存じます。どうぞごゆっくり」

千吉は深々と頭を下げた。

七

「今度は桜鯛のさっぱり煮の仕上げを頼む」

幾松が言った。

「はいっ」

千吉はすぐさま手を動かした。

鯛と合わせるのは、長葱と椎茸と豆腐だ。

ぶつ切りにして包丁目を入れた長葱と椎茸は湯にくぐらせる。

「湯につかればさっぱりするのは、人も素材も同じだ」

幾松はそう教えた。

それを聞いて、千吉は思わず笑いをかみ殺した。湯屋のあるじの寅次の顔がだしぬけに浮かんできたからだ。

長葱と椎茸に続いて、鯛の身もさっと湯に通す。身が白くなったらすぐ冷たい井戸水に取り、水気をていねいに切ってやる。

鍋に鯛と豆腐、それに長葱と椎茸とだし昆布を入れる。

煮汁は薄味だ。あまり濃い味つけだと鯛のうま味が活きない。

「水から沸かして煮るのも肝要だ」

幾松が言った。

「はい、熱い煮汁に入れると、火が入りすぎてうま味がいきわたりませんから」

千吉が答えた。

「それが分かってりゃ、何をつくってもうめえぞ」

幾松が笑みを浮かべた。

ややあって、桜鯛のさっぱり煮ができあがった。

「この煮汁で、あとで玉子雑炊をつくる。うどんのつゆでもうめえんだが」

旬屋のあるじが言った。

「それはおいしそうです」

千吉が笑顔で答えた。

桜鯛のさっぱり煮も玉子雑炊も大好評だった。

それだけではない。

鯛だけでも、姿盛りに兜焼きに鯛飯に潮汁に茶漬け、料理は次々に厨からそれぞれの部屋へ運ばれていった。

千吉は大車輪の働きだった。

治三郎ばかりでなく、ほかの料理人ともすぐ打ち解けて話をかわした。

「さすがは腕くらべに出る料理人だな」

「若いのにたしかな腕だぜ」

みなそう言ってほめてくれた。

「ありがたく存じます。まだまだ修業で」

千吉は手綱《たづな》を引き締めて答えた。

時吉からもおちよからも、あまり調子に乗るなと言われている。

最後の客を送り出し、明日の仕込みを終えると、ようやくまかないになる。

今日は鯛茶だ。

「ああ、おいしい」

千吉は食すなり言った。

「一日気張ったあとだから、ことにうめえな」

治三郎が笑みを浮かべた。

「ああ。明日も気張らないと」

千吉は笑みを返した。

八

昨日は浜だったが、今日は山に向かった。

時はかかるが、運ばれてきたものをただ調理するだけでなく、採るところから覚えるのも学びになる。

幾松が教えたのはたらの芽採りだった。

「これは天麩羅がうまいですね」

手を動かしながら、千吉が言った。

「おう、味噌焼きもうめえ」

旬屋のあるじが答えた。

たらの芽のほかに、筍や蕨や蕗なども採った。

「浜には弟子が行っている。今日もうめえ料理をつくるぞ」

幾松が言った。

「承知で」

「お願いします」

治三郎と千吉が答えた。

旬屋に戻ると、さっそく厨が動いた。

山のものは、まずもってあく抜きの下ごしらえだ。やっておかねばならないことがいくらでもある。

海山の幸は、その日の客に次々に供された。

客のなかには、のどか屋の常連もいた。

目出鯛三と絵師の吉市だ。『品川早指南』の追い込みの取材がてら、芝神明の旬屋に寄ってくれたらしい。

「けさ採ってきた筍と蕨と独活の木の芽和えでございます」

千吉が料理を置いた。

「筍の皮に盛り付けてあるんですね。なかなかに風流です」

目出鯛三が目を細くした。

「どれもうまそうです。さっそくいただきます」

吉市が箸を伸ばした。

「筍の土佐煮《とさに》もどうぞ。あとでたらの芽と海のものもお持ちしますので」

千吉が笑顔で言った。

「そりゃ楽しみで。修業に来てよかったという顔をしてますな」

狂歌師が言った。

「ええ、よかったです」

千吉はすぐさま答えた。

粉鰹《こながつお》をたっぷりからませ、木の芽を添えた筍の土佐煮は酒の肴にもってこいだ。

続いて、たらの芽の天麩羅と味噌焼き、さらに、蛤の白味噌田楽《でんがく》を運んだ。蛤の田楽は殻から身を外してから田楽にし、盛り付けるときに再び殻に入れる。食すのはすぐだが、手間のかかったひと品だ。

「どれもうまいですな」

目出鯛三が満足げに言った。

「さすがは旬屋さんで」

吉市も笑みを浮かべた。

「椀物も仕上げて運びますので」

千吉が二の腕を軽くたたいた。

厨に戻った千吉は、鮎並《あいなめ》の調理にかかった。

「鱧《はも》もそうだが、骨切りが難しいぞ」

幾松が言った。

「はい」

千吉は引き締まった表情で包丁を握った。

鮎並は骨切りをして食べやすくする。一寸足らずの幅で切り目を入れ、皮一枚を残すような要領で切る。

「細かく切りすぎても身が落ちてしまうからな」

幾松が言った。

「はい」

千吉の顔つきがさらに引き締まった。

骨切りが終わっても、焼きがまたなかなかに難しい。

まず金串を三本、末広《すえひろ》のかたちに打って両面に薄く塩を振る。ここでも大事なのは味の道をつけることだ。

まず身のほうを焼いたら、要領よく添え串をして、皮のほうを焼く。

「しっかり焼け。皮が反《そ》らないようにな」

幾松が言った。

「承知で」

千吉は真剣なまなざしで答えた。

最後にもう一度身のほうを焼けば、こんがりといい色合いに焼きあがる。

これを椀だねにする。

合わせるのは、独活と蕗と三つ葉だ。昆布と酒と塩だけの味つけの椀だが、これで焼いた鮎並の風味が活きる。

なじみの二人に出してみたところ、これまたいたって好評だった。

「うなるような味で」

目出鯛三が感心の面持ちで言った。

「目で楽しみ、舌で味わう椀ですね。おいしいです」

吉市が白い歯を見せた。

「ありがたく存じます。つくった甲斐があります」

千吉も笑みを返した。

九

修業の終いの日も浜に出た。

「おう、うまくなったな」

同じ舟に乗っている漁師が言った。

「初日よりはましで」

千吉は笑みを浮かべた。

「この調子なら、漁師だってつとまるぜ」

かしらが言う。

「いや、わたしは小料理屋の二代目なので」

千吉が笑って答えた。

「どこでやってるんだい」

「そのうち、食いに行ってやらあ」

気のいい漁師たちが言った。

「横山町ののどか屋という見世です。のれんに大きく『の』と染め抜かれていますから、すぐ分かります」

千吉が明るい声で答えた。

「はは、あきないがうめえや」

「そりゃ楽しみだ」

漁師たちの声が返ってきた。

一緒に浜焼きをと誘われたが、見世の仕込みがある。幾松と千吉は礼を言って漁師たちのもとを離れた。

「終いに、海をもう一度よく見ておけ」

幾松が振り向いて沖のほうを指さした。

「はい」

千吉が足を止めて見る。

「恵みの海だ。山もそうだが、おれら料理人はありがてえ恵みをもらって仕事をさせてもらってる。その恩を、ちゃんと返してやらねえとな」

　旬屋のあるじが言った。

「恩を返す、と言いますと？」

　にわかに呑みこめなかった千吉がたずねた。

「海からもらった恩の魚をちゃんと成仏《じょうぶつ》させてやることだ。うめえ料理にしてやらにゃ、罰が当たる」

　幾松はそう言って渋く笑った。

「はい」

　千吉は力強くうなずいて沖を見た。

　御恩の光に照らされた海原《うなばら》が遠くまで続いている。

　そのさまは、まるで浄土《じょうど》のようだった。

十

　その日も宴がいろいろ入っていた。

　厨は大忙しだ。

千吉は幾松から新たな料理を教わった。

まずは鯛の木の芽寿司だ。

もち米を入れて飯を炊き、あまり甘すぎない酢飯をつくる。鯛は三枚におろして皮を引き、身に薄く塩を振る。

「ここからが腕の見せどころだ。手本を見せてやる」

幾松が包丁を握った。

「中に木の芽を入れたら、透けて見えるくらいの薄いそぎ切りにする。そうすれば、木の芽の青みと鯛の赤みが響き合って、見てよし食ってよしのひと品になる。見てな」

料理人の包丁が滑るように動いた。

千吉がじっと見つめる。

治三郎とほかの若い料理人も師匠の手元を見た。まぶたの裏に焼きつけるのが何よりの修業だ。

「寿司はいくらかつぶし加減に握ってやる」

旬屋のあるじが手本を見せた。

仕上げに杵生姜《きねしょうが》を添えると、さらに美しい仕上がりになった。

「やってみろ」

幾松が千吉に言った。

「はい」

千吉は鯛の木の芽寿司をつくりだした。

いくらか時はかかったが、美しい寿司になった。

「それでいい。数を重ねるうちに手際は良くなる」

幾松がうなずいた。

「うちでも出してみます」

千吉が言った。

「おう」

手だれの料理人が笑みを浮かべた。

鯛と木の芽を使った料理は、もうひと品教わった。

鯛の骨蒸《こつむ》しだ。

鯛の頭のうろこをていねいに取ってから梨割《なしわ》りにする。強めに塩を振り、熱い湯をかけてもう一度うろこを取る。

酒が二、だしが一。その割りにして昆布をつけておく。

頃合いになったら昆布を大鉢に敷き、梨割りの鯛を据える。煮切り酒にだしをいくらか加えた地をかけると、蓋をしてじっくりと蒸す。

「火が強いと皮が縮んじまう。そのあたりに気をつけな」

幾松が教えた。

「はい」

千吉はいい声で答えた。

ほれぼれするような仕上がりになった。あつあつのうちに木の芽をたっぷり盛って供する。

「これも、見てよし食べてよしだ」

旬屋のあるじが笑顔で言った。

十一

修業はあっという間だった。

明日からまたのどか屋の厨に立たねばならない。千吉は帰り支度を整えた。

「土産って言うほどのものじゃねえが、干物と沢庵《たくあん》を持っていけ」

幾松が言った。

「ありがたく存じます。お世話になりました」

千吉は頭を下げた。

「沢庵はおいらが漬けたんだ。よそよりうめえぞ」

治三郎が笑みを浮かべた。

「ああ、ちょっと味見したけどおいしかった」

千吉が答えた。

「漬物は料理屋の顔の一つだからな」

と、幾松。

「うちも気を入れてつくってます」

千吉が言った。

「それぞれの料理屋の味があるからな。大事にしな」

幾松が情のこもった声をかけた。

別れのときが来た。

「教えを大切にして、明日からまた励みます。本当にありがたく存じました」

千吉は深々と頭を下げた。

「ああ、きっちり成仏させてやれ」

旬屋のあるじが渋く笑う。

「はい」

千吉も笑みを返した。

「体に気をつけて、気張ってね」

仲良くなった治三郎が言う。

「そちらもね。また食べに来るよ」

千吉が言った。

「待ってるよ」

旬屋の若い料理人がいい表情で答えた。

第十章　花見弁当

一

「まあ、おいしそうな干物ね」

手土産を受け取ったおちよが言った。

旬屋のあるじから託された鯵の干物だ。

「さっそくあぶりましょうか、ご隠居さん」

千吉は療治に来ていた季川に声をかけた。

「旬屋さんの干物かい。それなら、酒の肴にいただこうかね」

座敷で腹ばいになった季川が乗り気で答えた。

「良庵さんとおかねさんにもお出しできますけど」

千吉がさらに言う。

「いやいや、わたしらは」

良庵があわてて答えた。

「次の療治がありますので」

おかねが笑みを浮かべた。

「なら、ご隠居さんの分だけおつくりします」

千吉が言った。

「沢庵は刻んで、まかないのかくや丼にしよう」

時吉が厨から言う。

「お客さまにはお出しできない？」

おちよがややいぶかしげに問うた。

「うまい沢庵だが、それぞれの見世の味があるからな」

時吉は答えた。

「ああ、そういうことね」

おちよは得心のいった顔つきになった。

よく漬かった沢庵を塩抜きし、細かく刻んで醤油をかけたものをかくやと言う。岩《いわ》下覚弥《したかくや》という料理人が創始したからだとも、高野山《こうやさん》の隔夜堂《かくやどう》にちなむとも諸説があってさだめがたい。

按摩とその女房が次の療治に向かい、隠居が一枚板の席へ移ろうとしたのを見て、千吉は干物を焼きはじめた。素早く手を動かし、大根おろしもつくる。その動きを、時吉は頼もしそうに見ていた。短いあいだだが、修業に行った成果か、身のこなしに一本芯が通ったように見える。

「お待たせいたしました」

千吉があぶった干物と酒を運んできた。

「ああ、来たね」

隠居はさっそく箸を取った。

ふく、ろく、たび、それに小太郎。猫たちが急に浮き足立つ。

「駄目よ」

座敷の拭き掃除を始めたおようが声をかける。

すでにのれんはしまわれている。隠居が最後の客だ。

「ちょうどいい焼き加減だね」

隠居の白い眉がやんわりと下がった。

「芝の海の恵みの干物がいいので」

千吉が笑みを浮かべた。

「漁師さんの舟にも乗せていただいて、学びになったと思います」

おちよが言った。

「こうやって鰈を突いたんです」

千吉がやにわに身ぶりをまじえたから、干物の匂いにさそわれて集まってきた猫たちがわっと逃げた。

二

「そうかい、修業に行ってきたのかい」

大工衆の一人が言った。

翌日の朝餉だ。名物の豆腐飯に朝どれの魚の刺身、それに根深汁《ねぶかじる》がついている。

「はい、三日だけですけど」

千吉が答えた。

「漁師の舟に乗って、魚を獲ってきたそうだよ」

隠居が教える。

「へえ、そりゃ何よりの学びだ」

「包丁に気が入《へえ》るだろう」

大工衆が言う。

「海から恩を頂戴するんだから、魚をきちんと成仏させておいしい料理にしなければならないと教わりました」

千吉の表情が引き締まった。

「おう、成仏してるぜ」

「刺身もうめえ」

「南無阿弥陀仏」

両手を合わせる客までいた。

「まさに、御恩の海の恵みだね」

隠居も賞味すると、やにわに一句詠んだ。

春の海恵みはすべてこの裡《うち》に

「穏やかな海でも、恵みの魚がたくさんいますからね」

千吉が笑顔で言った。

「そうだね。ありがたく頂戴しているよ」

隠居が笑みを返す。

ここでおちよが付け句を披露した。

銀鱗《ぎんりん》光るさまのめでたさ

「ああ、目に浮かぶかのようだ」

隠居が目を細くした。

「本当に美しい海でした」

千吉が思い返してしみじみと言った。

三

鯛飯におかき揚げ、それに浅蜊汁。

例によって盛りだくさんの中食の膳が滞りなく売り切れ、二幕目に入ってほどなく、一挺の駕籠がのどか屋の前に着いた。

久々にのれんをくぐってきたのは、大和梨川藩《やまとなしがわはん》の江戸詰家老だった。

「まあ、原川《はらかわ》さま」

おちよの顔がぱっと晴れた。

「久しぶりやな」

原川新五郎《しんごろう》が笑みを浮かべた。

のどか屋がまだ神田三河町《かんだみかわちょう》にあったころからの古いなじみだ。時吉が大和梨川藩の禄《ろく》を食《は》み、磯貝徳右衛門《いそがいとくえもん》と名乗っていたころのことを知る者は少なくなったが、その数少ない人物だ。

「ご無沙汰しておりました」

千吉が出迎えた。

「おう。ちょっと見んうちに、ええ面構えになったな」

江戸詰家老がそう言って、一枚板の席に腰を下ろした。

いくらか離れたところに、お付きの武家も座る。

「ちょっとだけですが、修業に行ってきたばかりで」

千吉が答えた。

「そうか。そら、何よりや」

だいぶ鬢が白くなった江戸詰家老が答えた。

まずは中食の顔にした鯛のおかき揚げを出した。

「おう、こらうまいな」

家老の顔がほころぶ。

「国元では味わえない美味です」

お付きの武家も笑顔だ。

大和梨川は盆地で海から遠い。

「そう言えば、殿のお戻りは今年の秋では？」

おちよがたずねた。

大和梨川藩主の筒堂《つつどう》出羽守《でわのかみ》良友《よしとも》は、傍系から藩主の座に就いて藩政を見事に立て直した。しばらくは参勤交代を免除されていたが、いまは国元へ帰っている。江戸に一年、国元に二年が習いだから、そろそろ戻る頃合いだ。

「そや」

原川新五郎は猪口の酒を呑み干してから続けた。

「八月に発つさかいに、月末か遅くとも九月の頭には江戸に着くやろ。もう支度に入ってるさかいにな」

「ずいぶん早くから支度をするんですね」

と、おちよ。

「そら、参勤交代は一大事やさかいにな」

原川新五郎はそう言って、残りのおかき揚げを胃の腑に落とした。

「江戸へ戻られたら、おいしいものをたんとお出ししますので」

千吉が厨から言った。

「その前に、花見弁当をお願いできればと」

お付きの武家が言った。

「それはありがたく承ります」

おちよが如才なく答えた。

まだ日取りまでは分からないが、決まり次第、数と合わせて伝える段取りになった。おかき揚げに続いて兜煮を出し、鯛茶で締めるという流れになった。

「来てよかったな。うまいわ」

原川新五郎が上機嫌で言った。

「それがしはお供できてよかったです」

お付きの武家も満足げだ。

ここで奥からおようが二人の子とともに出てきた。

「おう、大《お》っきなったな、三代目」

家老が万吉に声をかけた。

「うん」

万吉はいくらか眠そうだ。

「下の子はしゃべるのか、若おかみ」

おようにたずねる。

「『うま、うま』とか言いますけど、まだちゃんとした言葉には」

おようが答えた。

「もうちょっとで歩きそうなんですけど」

千吉がおひなのほうを手で示して言った。

「そら、楽しみやな。めでたいことばっかりや」

原川新五郎の顔がまたほころんだ。

四

翌日――。

浅草の長吉屋では千吉の話題が出ていた。

「そうかい。修業に出した甲斐があったか」

厨の隅の床几《しょうぎ》に腰かけた長吉が言った。

毎日、見世に顔を出しているわけではなく、端唄《はうた》を習ったり、好敵手と将棋を指したり、このところは隠居らしい日々を送っている。

「たった三日でも、学びになったと思います」

時吉が答えた。

「腕くらべの世話役をやった甲斐がありましたよ」

今日はこちらに来ている目出鯛三が笑みを浮かべた。

「魚などをきちんと成仏させるようにと教えたと言ってましたな、旬屋さんは」

判じ役の一人だった井筒屋善兵衛がそう言って、桜鯛の昆布締めを口に運んだ。

そろそろ花だよりが聞かれる時分になってきた。このころの鯛は桜鯛と呼ばれてことにうまい。

昆布締めにした桜鯛はへぎ造りにする。せん切りにした桜の葉をあいだに挟み、桜の葉を添えておろし山葵を載せれば見た目も風流だ。

「それが何よりで」

古参の料理人がうなずく。

「漁師さんと同じ舟に乗って、鰈を突いてきたようです。そうやって身で覚えた学びは役に立つでしょう」

時吉が言った。

「二代目の料理にいっそう幅が出るね」

善兵衛が言った。

「そのうち、三代目も包丁を握るようになりまさ」

長吉の目尻にしわが寄った。

「さすがにまだ早いかと」

と、時吉。

「なに、子が育つのはあっという間だからよ」

古参の料理人が笑った。

時吉と一緒に厨に入っているのは、修業に来てまだ日が浅い若者だった。今日は鯛の手毬寿司を教えることにした。

「ちょっときつすぎるな。もっとふんわりと丸めるんだ」

時吉が教えた。

「はい」

まだおぼこい顔だちの弟子がうなずく。

「肩の力を抜いていけ」

長吉が軽く肩を回した。

「承知で」

弟子が再度、手毬寿司に挑んだ。

たたいた木の芽を混ぜた、これまた見てよし食べてよしのひと品だ。

「では、先生、舌だめしを」

時吉が目出鯛三に言った。

「なら、また共食いで」

戯れ言を飛ばすと、狂歌師は鯛の手毬寿司を口中に投じた。

「……うん、これならよろしいでしょう」

その言葉を聞いて、若い弟子の顔がぱっと晴れた。

五

花見の季《とき》がやってきた。

のどか屋にはほうぼうから弁当の注文が入った。おかげで厨は大忙しだ。

「おう、できてるかい」

なじみの大工衆がのれんをくぐってきた。

「はい、ただいま」

千吉が口早に答えた。

「早くしねえと散っちまうぜ」

「そんなに早く散るかよ」

「いや、分かんねえぞ」

そろいの半纏姿の大工衆がさえずる。

「お待たせいたしました」

「花見弁当でございます」

千吉とおようが風呂敷包みを運んだ。

「御酒はこちらに」

おちよが大徳利をかざす。

「おう、支度が調ったな」

「ありがとよ」

「よし、行くぜ」

大工衆は勇んで出ていった。

お次は大和梨川藩の武家だった。

こちらも前から約が入っている。千吉は仕上げにかかった。

蛤寿司に手綱寿司。寿司だけでも彩り豊かで心が弾む。

蛤寿司は見立てもので、薄焼き玉子で寿司飯をくるんで蛤のさまにしてある。いかにも春らしい寿司で、炒り胡麻とちりめんじゃこを忍ばせた味も絶品だ。

手綱寿司は細魚や車海老や薄焼き玉子や胡瓜を斜めに載せ、ぎゅっと締めてから切る。思わず顔がほころぶほどの華やかさだが、これまた食べてもうまい。

寿司ばかりではない。

筍のうま煮に、海老真薯《えびしんじょ》を揚げた黄金牡丹《こがねぼたん》、瓢《ひさご》型のだし巻き玉子に田螺《たにし》の木の芽和え。どの品も小技が利いていた。

「お待たせしました」

千吉が包みを運んだ。

「おう、すまぬな」

大和梨川藩の武家が受け取る。

「早く行かぬと墨堤《ぼくてい》のいいところを取られてしまうぞ」

「そうだな。急ごう」

武家たちはあわただしく出ていった。

終いにやってきたのは、岩本町の御神酒徳利だった。

「おれらは余りもんでいいからよ」

湯屋のあるじが言った。

「太巻《ふとまき》寿司ができますよ」

千吉が厨から言った。

「おう、それでいいや」

寅次が答えた。

「野菜はねえのかい」

富八が問う。

「金時人参と厚揚げの煮物に、たたき牛蒡、それに、三河島菜の胡麻和えなど」

千吉がどこか唄うように答えた。

「それだけありゃ充分だ」

野菜の棒手振りが笑った。

「どちらでお花見を？」

おちよがたずねた。

「とりあえず墨堤へ向かうがよ」

「あんまり混むようだったら、端っこでいいや」

「大川をながめてるだけでもいいからよ」

「今日は降りそうもねえし、ちょうどいいや」

岩本町の御神酒徳利がにぎやかに言った。

ややあって、支度が調った。

「お待たせしました」

千吉が包みを渡す。

「おう、行ってくるぜ」

湯屋のあるじが受け取った。

「御酒もどうぞ」

おちよが大徳利を渡す。

「ありがとよ」

野菜の棒手振りが白い歯を見せた。

六

花の盛りは短い。

あっという間に葉桜になり、川面を花びらが流れた。

そんな頃合いののどか屋の二幕目に、久々に長吉が現れた。

「まあ、おとっつぁん」

おちよが出迎える。

「おう、達者そうだな」

長吉が軽く右手を挙げた。

「気張ってやってます」

千吉が厨から言った。

「腕くらべのあとに旬屋へ修業に行って、腕を上げたそうじゃねえか」

古参の料理人がそう言って、一枚板の席に腰を下ろした。

先客は元締めの信兵衛と力屋のあるじの信五郎だった。蛤の時雨煮《しぐれに》を肴に呑みだしたところだ。

「大師匠にもお出しいたしましょうか、時雨煮」

千吉が水を向けた。

「おう、くんな」

長吉はすぐさま答えた。

座敷の前では、おようがおひなを見守っていた。

つかまり立ちをして、さあ、歩けるかというところだ。

「ここまではできるのよ」

おちよが父に言った。

「いまにも歩けそうなんですけど」

千吉も言う。

「気張れ」

見守っていた万吉が妹に言った。

お産が近い二代目のどかとほかの猫たちも見守る。

「お待たせしました」

千吉が蛤の時雨煮を運んできた。

「おう」

長吉がさっそく舌だめしをする。

酒蒸しをした蒸し汁を使って煮詰めるのが骨法だ。

蒸し汁が四、砂糖が一、濃口醤油が一。この割りで煮詰めていく。

生姜のせん切りを少し入れるのも勘どころだ。仕上げに木の芽を盛れば、小粋な酒の肴の出来上がりだ。

「いい塩梅だな」

古参の料理人が笑みを浮かべた。

千吉はほっとしたような顔つきになった。

そのとき……。

「そうそう！」

おようが声をあげた。

おひなが歩いたのだ。

「あっ、歩いた」

千吉も驚いて言う。

ほんの三、四歩くらいだが、おひなはたしかに歩いた。

「歩いたね」

元締めが言った。

「わたしも見ましたよ」

力屋のあるじが和す。

「もう一度、歩いてごらん」

おようがうながした。

「歩けるよ」

兄の万吉も言う。

おひなはまたよちよちと歩きだした。

「よしっ」

千吉の声が高くなった。

「ほら、おとうのところまで」

おようが手を拍《う》つ。

今度はもう少し長く歩いた。
七、八歩になった。
「おう、いい日に来たな」

長吉が満面の笑みで言った。

「よーし、偉いぞ」

千吉がおひなを両手で抱っこした。

「歩いたわねえ」

おようが目元に指をやった。

これまであと少しのところで止まっていたから、感慨もひとしおだ。

「えらいね」

万吉も笑顔で言った。

「これからはもっと歩けるぞ。いずれ花見にも連れていってやろう」

娘を抱っこした千吉が言った。

「おとっつぁんはもっと気張らねえとな」

長吉が言った。

「次のお料理を出さないと」

おちよが手綱を締める。

「はいよ。……おかあのとこへ行っといで」

千吉はおひなをおように戻すと、厨へ戻った。

「よしっ」

おのれに一つ気合を入れる。

そしてまた包丁をしっかりと握った。

終章　青葉《あおば》の光

一

初鰹《はつがつお》の季は過ぎ、のどか屋の中食でも鰹のたたきや竜田揚《たつたあ》げなどが出るようになった。

晴れていれば、青葉が目にまぶしいほどだ。

そんな、とある日――。

二幕目に入るまでの短い中休み、のどか屋の横手におちよが姿を現わした。

両手に椀と皿を持っている。

椀は水、皿には鰹節が入っていた。

のどか屋の横手には初代のどかを祀《まつ》った祠《ほこら》があり、見ただけでほっこりする猫地蔵が据えられている。のどか地蔵だ。
しかし、おちよが向かったのはそこではなかった。
卒塔婆《そとば》が三本、並んで立っている。

ちの
しょう
ゆき

かつてのどか屋で暮らした猫たちの墓だ。
そのうちの一本は、木が若かった。
猫の名が、こう記されていた。

二

眠るがごとき大往生《だいおうじょう》だった。

ある日の中休み、おちよの腹に乗って眠っていたとき、老猫はふっと一つ息をついてあの世へ行った。

いくたびもお産をし、客にかわいがられながら天寿《てんじゅ》を全うしたのだから、幸せな一生だっただろう。

「偉かったわね、ゆきちゃん」

おちよはそう言って、椀と皿を置いた。

おちよとおようばかりでなく、生前のゆきを好いていた者がお供えをしてくれることもある。

「向こうで遊んでるかしら」

おちよは空を見上げた。

先に逝った黒猫のしょうは、ゆきが産んだ子だ。いまごろは、親子で仲良く遊んでいるかもしれない。

ここでおようが二人の子とともに出てきた。

「はい、じゃあ、今日はそこまで歩いてみようね」

おようがゆきの卒塔婆のほうを手で示した。

「ゆきちゃんが待ってるから」

おちよが笑顔で言う。

「ゆきちゃんのとこまで」

万吉も指さす。

目だけが青い白猫がまだそこにたたずんでいるかのようだ。

「はい、気張って歩こう」

おようがうながした。

おひなはゆっくり歩きだした。

「そうそう。ゆっくりでいいから」

おちよが声をかける。

「にゃーにゃ、にゃーにゃ」

おひながあいまいな言葉を発しながらよちよち歩く。

しばらくは「うま、うま」ばかりだったのだが、このところはもっぱら「にゃーにゃ」だ。

「はい、そこににゃーにゃがいるよ。ゆきちゃんが待ってるよ」

おようが卒塔婆を指さした。

「ほんとに、まだいるみたい」

おちよがぽつりと言った。

「いますよ。空から見守ってくれてます」

と、およう。

「そうね」

おちよは短く答えて瞬きをした。

あともう少しでゆきの墓だったのだが、おひなは疲れてしまったようだ。

その歩みが止まった。

「じゃあ、今日はここまでね。気張ったわね」

おようがそう言って娘を抱っこした。

泣きだす前に抱っこしてやったから、おひなは機嫌を直したようだ。

「えらいね」

万吉が妹をほめた。

ほめられたおひなが花のような笑みを浮かべた。

三

「もうちょっとでゆきちゃんのところまで行けたんだけど」

中に戻ったおようが千吉に告げた。

「にゃーにゃ、にゃーにゃって言いながら歩いてたわよ」

おちよが笑って言った。

「にゃーにゃが増えたからね」

千吉が座敷を指さした。

亡くなったゆきが好きだったところに、二代目のどかがいた。

そのお乳を、四匹の子猫たちが競うように呑んでいる。先日生まれたばかりの子猫たちだ。

二代目のどかが産んだのは五匹だが、残念ながら一匹は育たなかった。

前にもそういう子猫はいた。なきがらは卒塔婆の近くに埋めて桜の挿《さ》し木を植えてやった。前の子の木はいくらか育ってきた。やがては美しい花を咲かせてくれるだろう。

「にゃーにゃ、にゃーにゃ」

おひなが嬉しそうに言う。

「そうね。にゃーにゃが増えて嬉しいね」

おようが笑みを浮かべた。

「しかも、一匹はゆきちゃんの生まれ変わりみたいなもんだから」

千吉が感慨深げに言った。

四匹のうちの三匹は、母猫と同じ色だった。まだ柄がはっきりしないが、二代目のどかと同じ茶白の縞猫になるだろう。

一匹だけ毛色が違った。父親に似たのかどうか、その子だけ白い。まるでゆきの生まれ変わりのようだ。

「猫の生まれ変わりの話はたまに聞くから、きっとそうよ」

おちよのほおにえくぼが浮かんだ。

「なら、残すのはこの子だね」

千吉が白猫を指さした。

「そうしましょう。名前はこゆきで」

おようが乗り気で言った。

「ああ、こゆきね。いい名前かも」

おちよがうなずく。

「こゆき？」

万吉が問う。

「そう。こゆきちゃんだけ残すの。あとは里親さんを探さなきゃ」

おようが答えた。

「二月《ふたつき》ほど経ったら大きくなるから、里親さんのところへ行くのはそれからだね」

千吉が言った。

「今回は三匹ね。どこへもらわれていくかしら」

母猫のお乳を呑んでいる子猫たちを見ながら、おちよが言った。

「なんだかすぐ見つかるような気が」

おようが笑みを浮かべた。

若おかみの勘は正しかった。

その日の二幕目に、早くも初めの手が挙がった。

四

「うちの仕事場じゃ無理だが、長屋で飼う分にはいいぞ」

つまみかんざしづくりの親方の大三郎《だいざぶろう》が言った。

「うちだったら、あきないものを台なしにされてしまうかもしれないから」

おようの母のおせいが言った。

色とりどりの飾りのついたつまみかんざしは、いかにも猫が喜びそうだ。

「では、そうさせていただきましょう」

吉岡春宵が笑みを浮かべた。

里親に真っ先に手を挙げたのは、つまみかんざしづくりの修業のかたわら書物の執筆にも励んでいるこの男だった。聞けば、実家で猫を飼っていたらしく、扱い方には慣れているらしい。

「どの子にするんです?」

いまは猫団子になって寝ている子猫たちを手で示して、おようの弟の儀助《ぎすけ》がたずねた。

灯屋へ寄りがてら、のどか屋に顔を出した春宵から子猫が生まれたことを聞いた面々が、本所のほうから橋を渡ってやってきたところだ。おようの母のおせい、後妻として嫁いだそのつれあいの大三郎、二人のあいだに生まれた儀助、そして、吉岡春宵の四人だ。

「まだ何とも言えないねえ。もう少し育ってから」

春宵は答えた。

「いくらか経ったら、またお越しください」

おちよが笑顔で言った。

「ええ。また寄らせていただきますので」

春宵が笑みを返した。

ここで肴が来た。

のどか屋の名物料理の一つ、鰹の梅たたきだ。

ただのたたきでもうまいが、梅肉だれを用いるとさらに風味が増す。

「儀助ちゃんもこれでいいね？」

盆を運んできた千吉が訊いた。

「もう餡《あんま》巻きっていう歳じゃないんで」

儀助が答えた。

わらべのころは千吉がつくる餡巻きを目当てに通っていたものだが、いつのまにか若者らしい面構えになった。父の跡を継ぐつまみかんざしづくりも、もうひとかどの腕前のようだ。

「子が育つのは早いものねえ」

おちよが、帰り支度を整えたおけいに言った。

「うちの子も、もう十七だから、身を固めてもおかしくない歳で」

おけいが言う。

「へえ、善松《ぜんまつ》ちゃんがもうそんな歳に」

おちよが目をまるくした。

岩本町から焼け出された先の大火のおり、子をつれて逃げていたのがおけいだ。その縁でずっとのどか屋を手伝ってもらっている。

これまた大火が取り持つ縁で一緒になった多助《たすけ》とおそめが、小間物問屋の美濃屋《みのや》の出見世を切り盛りしている。善松はそこで修業中だ。

「そのうち、あの子にものれん分けの声がかかるかもっていう話で」

おけいが言った。

「多助さんとおそめちゃんのところには、跡取りさんがいるから」

おちよが言った。

多吉《たきち》と名づけられた跡取り息子も修業を始めたようだ。

「みんな大きくなるね」

千吉が笑みを浮かべた。

「あの子だって、あっという間だよ」

大三郎が座敷のほうを手で示した。

万吉が子猫たちに猫じゃらしを振っている。

「ほら、こゆきちゃんも」

その声に応えて、一匹だけ白い子猫がひょいと前足を伸ばした。

五

それからいくらか経った。

青葉の色はさらに濃く、目にしみるばかりになった。

「なんだか猫だらけになったね」

大松屋の二代目の升造が言った。

「子もそうだったけど、升ちゃんとこと競うように産んだからね」

千吉が笑った。

「うちのまつも気張ったよ」

三代目の升吉が得意げに言った。

のどか屋から里子に出したまつが、早くも初めてのお産をした。

こちらは五匹の子猫だ。

「偉かったね」

千吉が笑顔で猫に声をかけた。

大松屋ののれんの近くで、まつが子猫たちに乳をやっている。ちょうど日当たりがいいから、猫の毛並みがつややかだ。

こちらも茶白の猫がもっぱらだが、なかには雉猫《きじねこ》とおぼしいものもいた。名なども含めて、すべてはこれからだ。

「また雌を残したらどんどん増えるから、残すなら雄だね」

升造が言った。

「もう福猫としてああやって貼り紙を出してるんだから、里親はどんどん見つかるよ」

千吉が指さした。

大松屋の前には、こんな貼り紙が出ていた。

福猫あげます
このたびうまれし子ねこ
どれも福猫なり
二月後にさしあげます
早いものがち

大松屋

「ほんとに見つかるかなあ」

升造が首をひねった。

「うちのほうから大和梨川藩などに猫侍として里子に出した子もいるし、猫屋さんの知り合いもいるから、いろんな手を打てるよ」

千吉が竹馬の友に言った。

「千ちゃんがそう言うのなら、まあ大丈夫だね」

升造が白い歯を見せた。

ここで升吉が独楽《こま》回しの真似を始めた。

今日は両国橋の西詰で父とともに評判の曲独楽《きょくごま》を見物してきたらしい。

「ゆくゆくは竹沢藤治《たけざわとうじ》だね」

千吉が曲独楽師の名を出した。

「うんっ」

升吉が元気よく答えた。

「よっぽど修業しねえと、あんな芸はできねえぞ」

升造が言う。

「そんなに凄かった？　升ちゃん」

千吉が問うた。

「ああ、凄かったよ。千ちゃんも万ちゃんをつれて観てくるといいよ」

大松屋の跡取りが勧めた。

「そうだね。考えてみよう」

千吉は乗り気で答えた。

六

「おひなはともかく、万吉だけならつれていってもいいだろう」

　話を聞いた時吉が言った。

　もう厨の火は落としている。長吉屋から戻ってきた時吉が、ゆっくりと茶を呑んでいるところだ。

「おひなちゃんはまだ小さいからね」

　おちよが言う。

「まだ観ても分からないでしょうし」

　帰り支度を整えたおようが言った。

　のどか屋の空いている部屋に泊まることもあるが、さほど遠からぬ場所にある長屋まで通っている。おひながだいぶ大きくなったから、抱っこ紐で運ぶと肩が凝るようになったようだ。

「人が多いところは風邪も心配だから」

　千吉が言った。

「なら、次の親子がかりの日に、中食が終わったら行ってこい」

時吉がそう言ってまた茶を啜った。

「じゃあ、そうします、師匠」

千吉が乗り気で答えた。

「曲独楽見物、楽しみね、万ちゃん」

おちよが万吉に声をかけた。

「うん」

わらべがうなずく。

「なら、長屋までしっかり歩け」

千吉が父の顔で言った。

「うんっ」

万吉はいい声で答えた。

七

次の親子がかりの日――。

中食の膳の顔は鰹の手捏《てこ》ね寿司だった。

梅たたきや竜田揚げと並ぶ、のどか屋の鰹の人気料理だ。

これに具だくさんのけんちん汁、高野豆腐《こうやどうふ》の小鉢もつく。

「豆腐飯はしょっちゅう食ってるけど、高野豆腐もうめえな」

「おう、ちょうどいい甘さで」

なじみの左官衆の評判は上々だった。

そのうち、千吉が万吉をつれて曲独楽見物に行くという話が客に伝わった。

「おいらも観たぜ。ありゃ一生の眼福《がんぷく》で」

常連の職人が言った。

「あんまり言わないでくださいまし」

千吉が笑顔で言った。

「そうだな。楽しみが減っちまうからよ」

職人が笑みを返した。

中食が滞りなく売り切れ、後片付けが終わると、千吉は万吉をつれて出かける支度をした。

両国橋の西詰へは、おけいとおちえも呼び込みで出かける。

「なら、途中まで一緒に」

千吉が言った。

「ええ。楽しんできてください」

おけいが笑みを浮かべた。

「せっかくだから、呼び込みもやってきたら？」

おちよが水を向けた。

「だったら、ちょっとだけ万吉に手本を」

千吉が答えた。

「じゃあ、行ってらっしゃい」

おひなを抱っこしたおようが言った。

「ああ、行ってくるよ。もう少し大きくなったら、つれてってあげるからね」

千吉が娘に言った。

おひなは何がなしにあいまいな顔つきだ。

ここで子猫たちがおぼつかない足どりで追いかけっこを始めた。

母猫が心配げに見守る。

「いい子だね。お留守番を頼むよ」

千吉が二代目のどかに言った。

「みゃあ」

分かったにゃ、とばかりに茶白の縞猫がないた。

八

「お泊まりは、横山町ののどか屋へー」

「巴屋にもお部屋があります」

おけいとおちえが声を張りあげた。

「よし、やるぞ」

万吉にそう言ってから、千吉も加わった。

「のどか屋の名物は、朝餉の豆腐飯。ぜひのどか屋にお泊まりを」

千吉がよく通る声を発した。

「大松屋の内湯はゆったり広々」

いくらか離れたところで、升造も呼び込みをしている。

競うように声をあげているうち、泊まり客は続けざまに見つかった。

なかには腕くらべのかわら版を読んだ客もいた。やはりいい引札になってくれたようだ。

「こうやって呼び込みをやるんだ」

千吉はせがれに言った。

「うん」

万吉がうなずく。

「おまえもそのうちやるぞ」

かつては小さな半裃《はんがみしも》をまとって呼び込みをしていた千吉が言った。

「うんっ」

万吉はいい声で答えた。

曲独楽の見世物は大入りだった。

竹沢藤治とその息子が二人で色とりどりの独楽を回す。

扇子で受けたり、額に乗せたり、腕もたしかだ。

加えて、水芸の演出が凝っていた。

口上に合わせて、舞台の袖からしきりに水が放たれる。

「わあ」

万吉が声をあげた。

水と独楽の演出に心を奪われている様子だ。

廻る、廻る、独楽が廻る。

舞台に大小の独楽を置くと、すぐさま廻って舞台がひときわ華やかになった。

終いには、さらに派手な見せ場があった。

宙乗《とざい》りだ。

「東西」

太鼓がどんと鳴る。

竹沢藤治が宙乗りで現れると、やんやの喝采《かっさい》になった。

次々にふところから独楽を取り出し、舞台に向かって投げる。どの独楽も過《あやま》たず廻って彩りを放った。

「わっ」

万吉がまた声をあげた。

舞台に煙幕《えんまく》が張られたのだ。

一瞬、何も見えなくなった。

どどん、とまた太鼓が鳴る。

煙が薄れた。

曲独楽師が大きな独楽を抱き、舞台の真ん中で笑みを浮かべていた。

「おお、凄え」

「日の本一！」

声が飛ぶ。

「凄かったな」

千吉も目を瞠って言った。

九

曲独楽の見物を終えた千吉は、万吉をつれて汁粉屋《しるこや》へ入った。

わらべには小ぶりの汁粉を頼んだ。ふうふう息を吹きかけながら、だいぶ時をかけて万吉は汁粉を呑み終えた。

「まだ時があるから、大川端《おおかわばた》へ行くか。今日は散歩日和だから」

千吉が言った。

「うん。お船見たい」

万吉は乗り気で言った。

両国橋の西詰から薬研堀のほうへ向かい、大川端をゆっくり歩く。

光を受けた青葉が悦ばしく輝いている。まるで青葉の裡《うち》から光が放たれているかのようだ。

船が来た。

荷を積んだ船が大川を下っている。

「あれはどこへ行くの？」

万吉がたずねた。

「川を下って、海のほうへ行くんだ」

千吉は答えた。

「それから？」

万吉が先をうながす。

「もっと大きな船に荷を積み替えて、いろんなところへ行く。海は遠くまで続いているからな」

短いあいだだが修業をした芝の沖の海を思い出しながら、千吉は答えた。

「海も見たい」

万吉が言った。

「ああ、そのうち見せてやろう」

千吉は笑顔で答えた。

「あっ、また来た」

のどか屋の三代目が指さした。

「次の船のほうが速いな」

千吉が目を細くする。

「もっと川も見たい、おとう」

万吉が言った。

「よし、肩車してやろう」

千吉が腕を伸ばした。

「うん」

万吉が元気よくうなずいた。

「落ちないようにしろ。……一《ひ》の二《ふ》の、三《み》っ！」

千吉はせがれを肩車した。

「よく見えるか？」

千吉がたずねた。

「見えるっ！」

日が降り注ぐ大川端で、万吉の声が弾んだ。

[参考文献一覧]

野﨑洋光『和のおかず決定版』(世界文化社)
畑耕一郎『プロのためのわかりやすい日本料理』(柴田書店)
田中博敏『旬ごはんとごはんがわり』(柴田書店)
田中博敏『お通し前菜便利集』(柴田書店)
『土井善晴の素材のレシピ』(テレビ朝日)
『一流板前が手ほどきする人気の日本料理』(世界文化社)
『人気の日本料理2　一流板前が手ほどきする春夏秋冬の日本料理』(世界文化社)
『一流料理長の和食宝典』(世界文化社)
志の島忠『割烹選書　春の料理』(婦人画報社)
志の島忠『割烹選書　懐石弁当』(婦人画報社)
鈴木登紀子『手作り和食工房』(グラフ社)

松本忠子『和食のおもてなし』（文化出版局）
金田禎之『江戸前のさかな』（成山堂書店）
『復元・江戸情報地図』（朝日新聞社）
日置英剛編『新国史大年表　五-II』（国書刊行会）
今井金吾校訂『定本武江年表』（ちくま学芸文庫）

（ウェブサイト）
グルメノート
エミュー

時代小説

二見時代小説文庫

味《あじ》の道《みち》 小料理《こりょうり》のどか屋《や》 人情帖《にんじょうちょう》38

二〇二三年 七 月二十五日 初版発行

著者 倉阪《くらさか》鬼一郎《きいちろう》

発行所 株式会社 二見書房
〒一〇一-八四〇五
東京都千代田区神田三崎町二-一八-一一
電話 〇三-三五一五-二三一一［営業］
〇三-三五一五-二三一三［編集］
振替 〇〇一七〇-四-二六三九

印刷 株式会社 堀内印刷所
製本 株式会社 村上製本所

 ISBN978-4-576-23077-1
https://www.futami.co.jp/